U0109500

中國語言文字研究輯刊

十　編

許 錟 輝 主編

第2冊

甲骨文象形和指事結構類型使用情況調查

陳丹、高玉平　著

花木蘭文化出版社

國家圖書館出版品預行編目資料

甲骨文象形和指事結構類型使用情況調查／陳丹、高玉平著
— 初版 — 新北市：花木蘭文化出版社，2016〔民 105〕
目 4+294 面；21×29.7 公分
（中國語言文字研究輯刊 十編：第 2 冊）
ISBN 978-986-404-533-4（精裝）
1. 甲骨文 2. 古文字學 3. 研究考訂
802.08   105002062

中國語言文字研究輯刊
十 編　　第 二 冊　　　　　　ISBN：978-986-404-533-4

甲骨文象形和指事結構類型使用情況調查

作　　　者　陳　丹、高玉平
主　　　編　許錟輝
總 編 輯　杜潔祥
副總編輯　楊嘉樂
編　　　輯　許郁翎
出　　　版　花木蘭文化出版社
社　　　長　高小娟
聯絡地址　235　新北市中和區中安街七二號十三樓
　　　　　　電話：02-2923-1455／傳眞：02-2923-1452
網　　　址　http://www.huamulan.tw　信箱　hml 810518@gmail.com
印　　　刷　普羅文化出版廣告事業
初　　　版　2016 年 3 月
全書字數　77966 字
定　　　價　十編 12 冊（精裝）　台幣 30,000 元　　　　版權所有·請勿翻印

甲骨文象形和指事結構類型使用情況調查

陳丹、高玉平　著

作者簡介

　　陳丹，男，1981 年 1 月出生，2005 年至 2007 年於安徽大學文學院先後師從徐在國、黃德寬兩位老師攻讀古代文字學碩士博士專業，2013 年至 2015 年於中國科學技術大學管理學院從事文化產業和企業文化博士後研究工作，2015 年轉任管理學院特任副教授，並擔任安徽大學漢語語言研究所古代簡牘保護專家，在古文字研究方向上主要以漢字發展理論和甲骨文爲研究對象，著有《論漢字性質複雜的原因兼談漢字的性質》等文章。

　　高玉平，女，遼寧朝陽人。師從著名古文字學家、古錢幣學家何琳儀先生，學習古文字、音韻、訓詁等，2007 年獲得碩士學位。同年考入安徽大學漢語言文字學研究所，師從黃德寬先生繼續深造，2010 年畢業獲得漢語言文字學博士學位。後進入浙江師範大學出土文獻與漢字研究中心工作，主持省級課題「江南青銅文化史」一項，參與並主持「中華字庫」子課題「散藏敦煌紙本文獻整理與研究（二）」（國家級課題），並在《古籍整理與研究》、《古漢語研究》等學術期刊上發表學術論文數篇。

提　要

　　甲骨文到底是不是象形文字？甲骨文的成熟程度如何？到底是什麼推動了漢字字形的演進？象形指事結構類型中細分類型結構的起源是不是同時發生的？在相當長的時間內，對這些基礎性問題我們有很多高水平的定性分析，但一直未能在實證的基礎上作出相對科學的令人信服的解釋。究其原因是我們在單個文字的考釋上十分重視實證的方法，也取得了巨大成績，但在漢字發展理論方面仍以定性分析爲主，一直未能將實證引入到漢字理論的建構中去，從而遲滯了漢字理論的發展。

　　漢字動態分析理論的科學性根源於重視實證研究，力圖在對現有資料在窮盡調查的基礎上進一步考察驗證發展相關理論，並以此給出重大問題的結論，即使這些結論可能存在疏漏，我們也可以採用類似自然科學的方法，通過不斷提供新證據來予以不斷的修正演進有關理論和相關結論，而不僅僅停留於定性爭論莫衷一是的層面上。

　　甲骨文是我們可以憑藉的最早的成系統出現的古文字資料。而甲骨文中的象形字、指事字，不僅保存了目前已知最早也是最爲可信的信息，同時又爲會意和形聲兩種構形方式提供了構形基礎。因此我們將象形、指事字統稱爲甲骨文基礎字形，並從漢字動態分析理論要求出發，堅持字形和使用情況的相關調查爲基礎，堅持實證原則以科學地數據分析結果爲論據，針對甲骨文基礎字形展開考察，意在促進相關理論問題的研究。

　　甲骨文象形和指事結構類型的窮盡性調查，展示了象形、指事字在甲骨卜辭中的形義關係與實際使用情況。根據調查的情況，結合漢字動態分析理論，我們才能從形義關係以及闡釋者兩個角度提出象形和指事結構內部分爲三個小類，並對這三個小類根本特徵加以總結概括，同時進一步展開了關於指事符號性質的探討。

我們在調查中發現將結構類型和實際使用情況相聯繫，從本用借用的實際比例以及字義負擔繁重程度兩個定量分析出發，可以證明象形結構象形性已嚴重衰弱，形義關係的劇烈疏離以及闡釋者在構形方式調整中發揮的重要作用，並使我們獲得了相應數據，可以較爲科學的解釋象形結構內部三個小類分類的合理性，三個小類在源起上的差異，象形結構構形方式調整的內在壓力等問題。運用同樣的方法，我們定量通過調查獲取了指事結構類型的有關數據，定量分析了指事結構內部三個小類的差異性，以及分類的合理性，並提出了三個小類在源起上可能存在的時間差異。通過全面調查和數據獲取，使我們有條件運用漢字動態分析理論，就甲骨文字系統成熟度、甲骨文基礎字形的幾種調整方式、甲骨文構形方式調整的原因、甲骨文基礎字形形義關係的矛盾與統一、漢字體系是否是一個系統等幾個即獨立又相互關聯的問題展開更加科學而深入的討論。

目次

第一篇　象形結構類型調查

　　在象形結構類型調查中所列的各個義項一般都已爲先賢所發現，此處我們更多的是根據故有材料以及新材料，對以往的成果加以檢驗并做了相應的增刪。同時我們依據象形內在的構形方式特點，將象形結構類型歸納爲三類即：整體摹寫、特徵摹寫、附麗摹寫三類。現調查如下：

第一章　整體摹寫

一　卷

1. 帝，殷商字形如下：

米 H.2107　　　米 H.2108　　　鼎 H.21174

米 H.21175　　　米 H.14159　　　米 H.14208

米 H.14302　　　米 懷 80　　　米 H.14312

米 懷 1565　　　米 H.24980　　　雨 H.23073 帝

米 H.5413

其甲骨卜辭實際用法為：

①上帝

……帝其令……H.14130

甲辰帝令雨。H.900 正

貞，今一月帝令雨。H.14132 正

丙寅卜，爭貞，今十一月帝令雨。H.5658 正

②祭名

帝于河。H.14531

帝于南犬。H.14323

《說文》：「帝 ，諦也。王天下之號也。从丄朿聲。 古文帝。」

2. 示，殷商字形如下：

H.19858　　 H.20463　　 H.34094

 H.5057 甲　　 H.25026　　 H.36482

 H.27412　　 集 4797　　 集 8147

 集 8112

其甲骨卜辭實際用法爲：

①廟主

元示五牛它示三牛。H.14354

壬辰于大示告方。（小屯 63）

②祭祀動詞

其示于妣己 H.27412

其示于且丁。H.27306

③審視、觀察

婦利示十屯。H.2774 臼

婦好示十屯。H.7287 臼

　丙午……龐示十屯。H.14008 臼

《說文》：「示 示 ，天垂象，見吉凶，所以示人也。从二。（二，古文上字。）三垂，日月星也。觀乎天文，以察時變。示，神事也。 川 古文示。」

3. 祇，殷商字形如下：

H.18801　　　H.18801　　　H.26788

H.33128

其甲骨卜辭實際用法不詳，似爲祭名。

丁酉……今日祇益祈……允 H.26788

　翌庚午剌祇 H.18801

　叀祇奏 H.33128

《說文》：有祇但与甲骨非同字

4. 祼，殷商字形如下：

H.18438　　　H.22482　　　H.24942

H.36175　　　H.719　　　H.15835

H.30927　　　H.30920　　　HD.459

其甲骨卜辭實際用法爲：祭祀動詞，酌酒灌地以祭。

①酌酒灌地以祭：

　妣辛祼 H.27148

…出日裸…H.27148

 癸丑卜：子裸新鬯于且甲 HD.459

 庚辰，子裸妣庚，又言妣庚 HD.490

《說文》：「裸 ，灌祭也。从示果聲。」裸之甲骨文用法似引申義，形義關係較爲緊密。

4. 祝，殷商字形如下：

 H.19890　　　　 H.27283　　　　 H.8093

H.25916　　　　H.30637　　　　HD.361

其甲骨卜辭實際用法爲：

①禱祭。

弜祝于妣辛（小屯 261）

祝于且辛（H.787）

……卜祝于父丁……（H.32689）

……勾歲且乙用，子祝。（HD.142）

丙卜：子既祝 HD.361

卜。喜……歲更……祝 H.25916

②人名。

祝至……（Tun.2069）

壬辰卜，祝至……（Tun.70）

……祝至兄辛（H.27629）

《說文》：「祝，祭主贊詞者。从示从儿口。一曰从兌省。《易》曰：『兌爲口爲巫。』」

5. 祟，殷商字形如下：

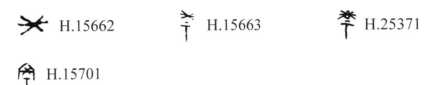

其甲骨卜辭實際用法爲祭名，用牲之法，其義不詳。

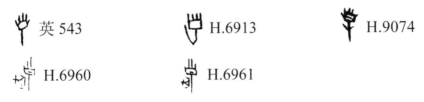

《說文》：「祟 ，神禍也。从示从出。 籀文祟从𩵋省。」其形義關係說明未見確切證據支持。

6. 皇

其甲骨卜辭實際用法爲：

① 「凡皇」，仿佛、徘徊。

吾方其凡皇于土 H.39854 正

② 似爲人名。

王令雀皇伐𢀛（H.6960）

卜殼貞皇以 H.9074

皇伐 H.6961

《說文》：「皇，大也。从自。自，始也。始皇者，三皇，大君也。自，讀若鼻，今俗以始生子爲鼻子。」皇之 1、2 用法借爲假借，其形義關係在卜辭中完全斷裂。

7. 王，殷商字形如下：

H.20015　　　　H.21305　　　　H.5

H.23811　　　　H.28400　　　　H.37455

5413

其甲骨卜辭實際用法爲：

①指商王

王臣令 HD.517

王其田獸 H.28771

庚戌卜：隹王令余 HD.420（多餘線條爲卜辭勒痕）

②先公名

貞燎于王亥 H.358

……王亥九牛 H.14738

酒王亥 H.14752

五十牛于王亥 H.14725

③方國

 乙丑王方 H.20624

 庚午卜，王方至今日 H.19777

 癸巳卜，王方 H.20621

《說文》：「王 ，天下所歸往也。董仲舒曰：『古之造文者，三畫而連其中謂之王。三者，天、地、人也，而參通之者王也。孔子曰：『一貫三為王。』」王之 1、2、3 用法皆為引申義，而未見有假借用法，故王之形義關係較為緊密。

8. 玉，殷商字形如下：

H.1136　　　　H.6016 正　　　　H.10171 正

5507

其甲骨卜辭實際用法為：

①玉石

 乙卜：速丁以玉 HD.90

 己卯，子見……以璧玉于丁 HD.37

②玉器

用玉豐用 Tun.2346）

 甲学卜：乙，子肇丁璧眔玉 HD.180

③玉磬

 王歸奏玉其伐 H.6016 正

 ……奏玉……H.16086

④祭祀對象

 貞帝五玉臣 H.34149

 ……于帝五玉臣血……H.34148

《說文》：「 王 石之美。有五德：潤澤以溫，仁之方也；䚡理自外，可以知中，義之方也；其聲舒揚，專以遠聞，智之方也；不橈而折，勇之方也；銳廉而不技，絜之方也。象三玉之連。｜，其貫也。 玉 古文玉。」

9. 琮，殷商字形如下：

H.5505	合補 500	屯 1263

H.32981

其甲骨卜辭實際用法爲：

①祭祀用瑞玉

寅貞。其延琮于丁 H.32981

……立事于琮侯六月 H.5505

《說文》：「琮， 瑜 瑞玉。大八寸，似車釭。从玉宗聲。」

10. 气，同「汽」。气，殷商字形如下：

H.583 反　　　H.33060　　　H.25942

其甲骨卜辭實際用法爲：
①讀「乞」，即求。

 ……乞骨……Tun.3480

 ……乞骨三 Tun.3116

 ……亥乞骨 H.35210

②讀「其」，將要。

气燎于岳十月。H.14451

王气正𠂤新𠈎（竿），允正。H.16242

③讀「迄」，即至

气至五日丁酉允屮來娥自西（H.6057 正）

……迄至九日……H.7142

迄至六日戊戌。H.583

《說文》：「气，雲气也。象形。凡气之屬皆从气。」气之各用法與本義皆無關，都為假借用法，其形義關係在卜辭中完全斷裂。

11. 屮，殷商字形如下：

H.6732　　　H.12815　　　H.18938

其甲骨卜辭實際用法為：
①祭祀動詞

新邑屮且乙 H.27218

……日屮……雨……允……H.40315

十人屮 Tun.591

《說文》：「屮　，艸木初生也。象丨出形，有枝莖也。古文或以為艸字。讀若徹。凡屮之屬皆从屮。尹彤說。臣鉉等曰：丨，上下通也，象艸木萌芽，通徹地上也。

12. 艸，殷商字形如下：

H.21095　　　H.6708　　　H.11513

H.5058　　　　　英 889　　　　　H.9560

卜辭多讀爲朝：

丁未卜。今艸山來……H.21095

辛未卜貞。屰今艸。H.11513

丁亥卜。今艸方其出。H.6708

《說文》：「艸　　　，百芔也。从二屮。」

二　卷

1. 必，殷商字形如下：

I H.175　　　　　H.14034 正　　　　　H.23602

H.37473　　　　　懷 962

其甲骨卜辭實際用法爲：

①副詞，一定，必須。

②人名，貞名。

③地名。

戊戌王卜貞。田弋。H.37473

④假借，讀「毖」，懲毖。

貞其必 H.27875）〔註1〕

《說文》：「必　　　，分極也。从八、弋，弋亦聲。」

當是柲字

〔註 1〕裘錫圭。

2. 牛，殷商字形如下：

 H.19761　　 H.21028　　 H.36991

 H.22078

其甲骨卜辭實際用法為：

①牛羊之牛。

 其牢又一牛茲用（H.37207）

 二牛 HD.278

 卅牛入 HD.113

《說文》：「牛 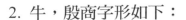，大牲也。牛，件也；件，事理也。象角頭三、封尾之形。

凡牛之屬皆从牛。徐鍇曰：『件，若言物一件、二件也。封，高起也。』」

3. 口，殷商字形如下：

 H.20627　　 H.32906　　 H.22191

 H.22269　　 5452

其甲骨卜辭實際用法為：

①人之嘴。

 貞疾口钌于匕甲（H.11460 正甲）

②親口說。

 辛酉……入束……王口……H.32962

 ……王口……于小……H.37720

③地名。

 其……口方。H.32103

癸巳卜貞。帚妥亡至口。H.22251

 癸巳卜貞。帚妥亡至口。H.22249

④人名，貞人名。

 叀小臣口 H.27889

叀小臣口以汏于中室。H.27884（甲骨片模糊，無法剪切字形）

 癸亥卜。口貞。H.26899

《說文》：「口，，人所以言食也。象形。」

4. 單，殷商字形如下：

 H.137 正　　　 H.9572　　　 Tun.2658

 H.30276　　　H.21457　　　 7015

 7014

其甲骨卜辭實際用法爲：

①地名。

 叀東單用（H.28115）

……東單工。Tun.4325（甲骨片模糊，無法剪切字形）

 ……步于單。H.8303

《說文》：「單 ，大也。从吅、甲，吅亦聲。闕。」

5. 止　趾之初文，殷商字形如下：

 H.20221　　　 H.20233　　　 H.21203

H.21432　　　H.20882　　　H.27321

H.22384　　　　　 5413

其甲骨卜辭實際用法爲：

①腳趾

　　![字] 貞疾止。H.7537

②到往

　　![字] ⋯⋯令⋯⋯止宋⋯⋯H.20233

③似爲停止

　　![字] 貞叀今止。H.30751

　　![字] 壬午貞。癸未王令木方止 H.33193

　　![字] 辛卯卜貞。令周比永止。H.5618

《說文》：「止 ，下基也。象艸木出有址，故以止爲足。」

6. 歲，劌之初文，殷商字形如下：

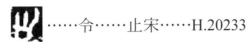

　　![字] H.22206 甲　　　![字] H.14941　　　![字] H.1575

　　![字] H.9647　　　![字] H.25155　　　![字] HD.490

其甲骨卜辭實際用法爲：

①讀「劌」。

　　![字] 尹貞。壬歲羊。H.23630

　　![字] 其夕歲羊。H.34355

　　![字] 歲牛于下乙。H.22088

　　![字] 貞⋯⋯丁亥父丁歲牛。H.40976

　　![字] 母辛歲牛。H.23420

②用作祭名

余虫歲于且戊三牛 H.22078

歲妣庚豕。HD.183

歲妣己牝。HD.236

叀牛歲妣庚。HD.249

歲毚妣丁。HD.468

③年歲，一個收獲季節單位。

今歲受年 H.9648

貞今歲。H.11509

癸卯卜。今歲受禾。H.28232

癸丑卜貞。今歲亡大水。H.41867

《說文》：「歲 ，木星也。越歷二十八宿，宣徧陰陽，十二月一次。從步戌聲。律歷書名五星爲五步。」

7. 疋（足），殷商字形如下：

H.21019   H.20706 正   H.6975

H.13631   H.197   H.4020

H.19956   H.5549 反   H.15929

Jc.6719   Jc.2118

其甲骨卜辭實際用法爲：

①腳。

疋 HD.329

疾疋 H.775 反

貞疾疋。H.13693〔註2〕

②人名。

庚辰卜。令疋于成。H.4584

貞疋不其隻羌。H.190（下部一橫畫未甲骨片本身斷痕）

《說文》：「疋 ，足也。上象腓腸，下從止。《弟子職》曰：『問疋何止。』
古文以爲《詩·大疋》字。亦以爲足字。或曰胥字。一曰疋，記也。」

8. 冊，殷商字形如下：

H.7413　　　 H.7432　　　 H.32285

H.30654　　　 H.30653

其甲骨卜辭實際用法爲：

①簿、簡冊。

在二月。甲寅工冊。H.35891

②冊告

爯冊王比 H.7393

爯冊王歲 H.7413

爭貞。侯告爯冊王 H.7410

〔註2〕此似爲指事字，標指符號之作用在於進一步明確疾病發生的部位。此例可證象
　　形的整體性以及指事後起於象形。

其冊妣辛（H.27560）

③似人名

冊至。H.30650

冊祝。H.30648

卜，冊至……H.30655

冊至又雨。H.30653

《說文》：「冊 ，符命也。諸矦進受於王也。象其札一長一短，中有二編之形。 古文冊从竹。」

三　卷

1. 舌，殷商字形如下：

其甲骨卜辭實際用法爲：

①舌頭。

貞疾舌隹㞢蛊（H.13634 正）

貞疒舌希于妣庚 H.13635

②用同「告」，爲祭祀動詞。

貞王舌父乙（H.2202）

貞勿酋舌父乙 H.2201

 貞亡舌告于妣庚歮羊用。H.5995

③言語。

 王舌來……H.6248

 多舌亡国（H.22405）

《說文》：「，在口，所以言也、別味也。从干从口，干亦聲。」

2. 干，殷商字形如下：

 H.28059　　　　 H.4945　　　　[img] H.4947

[img] H.9801

其甲骨卜辭實際用法爲：

①干盾。

[img] 己亥卜，于廷冓玉干用 HD.29

②人名

[img] 令屇比干 H.494

《說文》：「干 [img]，犯也。从反入，从一。」

3. 辛弓（或釋為旂），殷商字形如下：

[img] H.20236　　　　[img] H.21305　　　　[img] H.20613

[img] H.137　　　　[img] H.940 正　　　　[img] H.18488

[img] H.屯 1122　　　　[img] H.22219　　　　[img] H.22219

其甲骨卜辭實際用法爲：

①同孳：禍害、有禍害

……齒辛……H.18138

癸未卜。大貞。辛歲……H.23718

②人名

辛 癸巳卜辛循 H.22219

貞勿乎辛H.19665.

③地名

乞骨于辛Tun.638

丙申卜。王令……戈辛H.20245

《說文》：「辛 ，辠也。从干、二。二，古文上字。」

4. 童，殷商字形如下：

H.30178　　　Tun.650　　　……1886

其甲骨卜辭實際用法爲：

①地名

坰田于童 Tun.650）

《說文》：「童 ，男有辠曰奴，奴曰童，女曰妾。从辛，重省聲。 籀文童，中與竊中同从廿。廿，以爲古文疾字。」

5. 丙，殷商字形如下：

H.13543　　　H.2904　　　H.33076

H.23715

其甲骨卜辭實際用法爲：

①似爲人名或地名：

……丙……入……H.13155

……子……帚……丙……H.2904

甲子……丙……柰十……一牛 H.33075

丁酉卜。久貞。延昌宗亡姖丙甫 H.13543

《說文》：「丙 ，舌皃。从合省。象形。 古文丙。讀若三年導服之導。一曰竹上皮。讀若沾。一曰讀若誓。弼字从此。」簟之初文，意義不詳。

6. 革，殷商字形如下：

HD.474　　 HD.474　　 HD.491

甲骨卜辭實際用法似爲祭名〔註3〕：

庚午。酚革妣庚一小牢。HD.491

牽酚革。不用 HD.474

己巳卜。子福告。其柬革于妣庚 HD.474

《說文》：「革 ，獸皮治去其毛，革更之。象古文革之形。 古文革从三十。三十年爲一世，而道更也。臼聲。」

7. 鬲，殷商字形如下：

H.201 正　　 H.1975　　 H.32235

H.32160　　 H.24280　　 H.31030

〔註3〕卜辭中「高」常用作祭名，如「貞于來己亥酒高妣己眔妣庚（合2366）；丁未貞。酒高且其牛高妣（屯608）」，而「高」出現的位置與「革」一致，因此我們推測「革」與祭祀有關，可能爲祭名。

其甲骨卜辭實際用法為：

①用鬲。

丙寅卜。之鬲鹿其𣂈……H.30765（中間斜筆末甲骨片斷痕）

②「尊鬲」，祭祀動詞。

于父丁其尊鬲 H.34397

酉卜……父丁尊其鬲 Tun.1090

于父丁其尊鬲 H.32235

來丁巳尊鬲于父丁 H.32694

③似人名

貞子鬲亡疾 H.3224

弜衛鬲奏。王其每。大吉 H.31030

④地名。

其至于鬲（H.201 正）

……尹……在𠂤鬲 H.24280

……貞。？于鬲 H.32160

《說文》：「 ，鼎屬。實五穀。斗二升曰𣪘。象腹交文，三足。 鬲或從瓦。 漢令鬲從瓦厤聲。」

8. 虜（或隸定為虩），殷商字形如下：

H.20317　　H.4827　　H.4830

H.630　　H.6063 正　　H.32125

H.30765　　　　 H.26954

其甲骨卜辭實際用法爲：

①用爲祭器

 貞其尊虛又羌 H.32125

 甲寅貞。來丁巳尊虛于父丁 H.32125

②讀「獻」，進獻

 狄貞虛羌其用妣辛𠦪H.26954

 虛龜翌日。十三月 H.10076

③用爲人名

 貞令子虛呼H.23536

 卜。王余乎虛 H.18564

《說文》：「虛 ，鬲屬。从鬲虍聲。」

9. 又（右），右之初文，殷商字形如下：

H.20567　　　　 H.19876　　　　 H.14199

H.34045　　　　 H.34322　　　　 H.21796

5549

其甲骨卜辭實際用法爲：

①同「右」。

王乍三𠂤右中左 H.33006

左右中人三百 H.5825.

于左。右用 HD.198

②表示整數之外再加零數。

 百牛又五 HD.27

③表示附加，相當于「再」。

 甲戌卜。乙亥又伐攷H.32236

 又歲于大乙牛 H.32119

④同「祐」保佑。

 王受又 H.36169

 戉受又 H.4285

 二牢王此受又 H.31190

⑤「侑」佑祭。

 于乙亥又且乙 H.19837

 于麥乙又于且乙牢。HD.34

 己巳卜。其又父庚……吉 H.41323

⑥讀「有」有無之有。

 戊右雨 H.33838

 庚寅又雨 H.30026

 翌日戊又雨 H.29994

 其尋方又雨 H.27804

《說文》:「，手也。象形。三指者，手之列多略不過三也。」

　　10. 左，左之初文。殷商字形如下：

　　其甲骨卜辭實際用法爲：
　　①左右之左。

……左刻 HD.358

 丁亥卜。子立于左 HD.50（上部斜筆未甲骨片斷痕）

　　②同「祐」。

 丙卜。子既祝。又若。弗左妣庚 HD.361

 左于下乙 H.22176

貞其左小丁 H.27148

《說文》:「左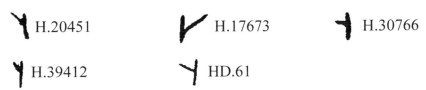，手相左助也。从ナ、工。凡左之屬皆从左。臣鉉等曰：今俗別作佐。」

　　11. 卜，殷商字形如下：

　　其甲骨卜辭實際用法爲：
　　①灼甲骨取兆。

王卜曰 H.22751

癸卜 HD.64

②地名。

丁丑貞。王于卜伐 H.32968

③同「外」。

戊午卜。御卜戊𠬝 H.22049

《說文》：「卜 ├ ，灼剝龜也，象灸龜之形。一曰象龜兆之從橫也。凡卜之屬皆從卜。 古文卜。」

12. 貞，殷商字形如下：

H.20547　　　H.21220　　　H.15758

H.10071　　　HD.446

其甲骨卜辭實際用法爲：卜問。

己卜貞 HD.446

子貞 HD.111

《說文》：「貞 ，卜問也。從卜，貝以爲贄。一曰鼎省聲。京房所說。」加卜者是貞，不加卜者是鼎， HD.446 是貞

13. 用，殷商字形如下：

H.19762　　　21405　　　19775

19887　　　H.34100　　　HD.454

其甲骨卜辭實際用法爲：施行，使用。

夕用五羊。辛迺用五豕 HD.113

新馬子用右 HD.367

乎用馬 HD.46

《說文》：「用，可施行也。从卜从中。衛宏說。凡用之屬皆从用。臣鉉等曰：卜中乃可用也。古文用。」

14. 爾，殷商字形如下：

H.11023　　　　　H.3298　　　　　H.18471

其甲骨卜辭實際用法以人名居多，其它用法不詳：

①人名。

貞爾得 H.5527 正

令爾……之日 H.18471

《說文》：「爾，麗爾，猶靡麗也。从冂从㸚，其孔㸚，尒聲。此與爽同意。」

四　卷

1. 雞，殷商字形如下：

H.13342　　　　　H.29033　　　　　屯 4357

懷 1915　　　　　5802

其甲骨卜辭實際用法爲：

①人名

甲戌貞。令雞……H.32509

②地名

戊辰卜。王田雞……H.37734

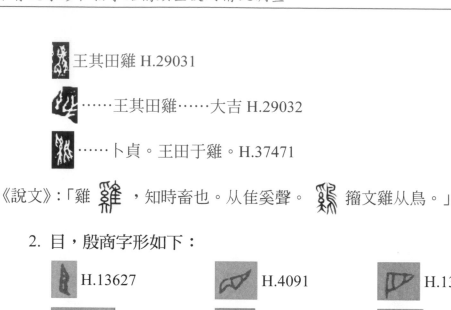

《說文》:「雞 ，知時畜也。从隹奚聲。 籀文雞从鳥。」

2. 目，殷商字形如下:

H.13627　　　　　H.4091　　　　　H.13625 正

H.456 正　　　　　H.6194　　　　　H.6946

H.20173　　　　　H.33237　　　　　H.29285

H.21828　　　　　H.21740 目

其甲骨卜辭實際用法爲:

①眼睛。

 貞王其疒目 H.456 正

 丙卜。五日子目既疾 HD.446

 ……疾目 H.13627

②特指監伺的人。

 貞乎目舌方 H.6194

 貞乎目舌方 H.6195

 貞勿乎目舌方 H.39865

③人名。

 乎目于河之來 H.8326

貞乎目于⋯⋯H.10155

④方國名。

 目方⋯⋯至⋯⋯吉 H.28010

⑤地名。

 其田目擒又鹿 H.33367

 ⋯⋯西出目 H.40815

⑥祭名

 爭貞。告王目于且丁 H.13626（斜上方筆劃為甲骨片之斷痕）

 目于妣己 H.13624

《說文》：「目 ，人眼。象形。重童子也。凡目之屬皆从目。 古文目。」

3. 自，殷商字形如下：

 H.6664 正　　 H.13530　　 H.24951

 H.22747　　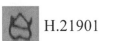 H.27437　　 H.21738

 H.21891　　 H.21901　　H.21738

 1226　　1535

其甲骨卜辭實際用法為：

①鼻子。

 㞢疾自隹有蚩H.11506 正

②親自。

 叀王自正 H.24951

王自鄉（饗）H.5239

庚戌卜叀王自正刀方 H.33035

③由、從。

辛酉王自余入 H.3458

戊辰卜。爭貞，羌自妣庚 H.438 正

甲辰卜。王自今至己酉雨 H.12964

《說文》：「自 ，鼻也。象鼻形。凡自之屬皆从自。 古文自。」

4. 羊，殷商字形如下：

H.20463 反　　　H.20008　　　H.21145

1106　　　10713　　　6835

其甲骨卜辭實際用法爲：

①牛羊之羊。

八犬八羊 H.371 正

三羊 HD.278

甲辰。歲且甲羊 HD.296

②人名。

帚羊示十屯 H.15314

③假借爲「祥」

……羊雨 H.20981

……羊雨 H.20980 反

……禾于示壬羊雨 Tun.3083

《說文》：「羊 羊 ，祥也。从丫，象頭角足尾之形。孔子曰：『牛羊之字以形舉也。』」

5. 鳥，禽獸之鳥，殷商字形如下：

 H.20354　　 H.17866　　 H.11500

 H.11497 正　　 H.17366 反　　 H.17864

 H.17865　　 H.27042 反　　 H.28424

 H.22441　　 H.9438 鳥　　 1120

 6673

其甲骨卜辭實際用法為：
①祭牲

貞帝鳥三羊三豕二犬 H.14360

②地名

隹……于鳥 H.8239

……取甾友于鳥……H.8240 反

③星名

雨敓鳥星 H.11498

《說文》：「鳥 鳥 ，長尾禽總名也。象形。鳥之足似匕，从匕。凡鳥之屬皆从鳥。」

6. 冎（骨），骨之初文。殷商字形如下：

其甲骨卜辭實際用法爲：

①骨頭。

②人名

《說文》：「骨 ，肉之覈也。从冎有肉。」

7. 肩，殷商字形如下：

其甲骨卜辭實際用法爲：

①肩胛骨

 貞弗其肩之疾 H.13895

 子不肩凡之广 H.223

②用於占卜的骨版的專稱

 ……骨五肩 H.35216

 ……獻肩……H.40760

 乞肩五 H.35180

③貞人名

 ……凷小臣肩立 H.27876

《說文》：「肩，髆也。从肉，象形。俗肩从戶。」

8. 肉，殷商字形如下：

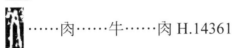

其甲骨卜辭實際用法為：

①供祭祀或食用之肉

貞呼取肉 H.6507

……肉……牛……肉 H.14361

②人名

貞帚爵肉了宀疒 H.22323

丙申卜。令肉伐。雨。H.21017

戊卜。其改狴。肉入于丁 HD.401

《說文》：「肉，胾肉。象形。」

9. 羸，殷商字形如下：

H.21187　　H.13707　　H.2677

H.32705　　屯4233　　H.21782

H.35255

其甲骨卜辭實際用法為：

①祭祀對象

……告羸令……H.23693

其告嬴Tun.4545

②疑用爲地名（卜辭中有：貞告舌方于上甲 H.6134；貞告舌方于且乙 H.6349）

……入馬廿于嬴H.22075

告嬴于父丁一牛 H.32679

貞告嬴于……H.39481

③用于卜疾病之辭，疑指病情加重，讀「嬴」

疾齒嬴H.6486 正

……賓齒嬴H.17261

貞王目嬴H.13623

貞之疾目嬴二告 H.13625

《說文》：「嬴 ，蜾嬴也。从虫羸聲。一曰虒蝓。」

10. 刀，殷商字形如下：

H.21484　　H.33035　　H.33036

H.22376　　H.22747 刀　　2136

其甲骨卜辭實際用法爲：

①疑讀「召」方國名

刀方其出 H.33032

乙巳卜，及刀方 H.33037

丙午貞，叀王正刀方 H.33034

辛亥貞，王正刀方 H.33035

②地名

王其田于刀日亡弋侃王　屯南 2341

③用表動詞，指用兵征伐之事。

今八月刀 H.20349

己酉卜。刀二干……H.33034

《說文》：「刀，兵也。象形。」

11. 角，殷商字形如下：

 H.20533　　　 H.112　　　 H.10467

 H.5495　　　 H.671 正　　　 H.6057 正

 II.4670　　　 懷 137　　　 1864

其甲骨卜辭實際用法爲：

①人名

甲午卜貞。角往來亡……Tun.2688

卜貞……角……疾 H.13760

甲戌卜。王余令角禹畄朕事 H.5495

②地名

白允其及角 H.20533

《說文》：「角，獸角也。象形，角與刀、魚相似。」

五　卷

1. 竽，殷商字形如下：

 H.14617　　　 英 365　　　 H.16242

 H.24216

其甲骨卜辭實際借爲地名：

 王气正河新竽，允正十一月 H.16242

卜，出貞……王正竽 H.24216

《說文》：「竽 ，管三十六簧也。从竹亏聲。」

2. 竹，殷商字形如下：

 H.4750　　　 H.20229　　　 H.4755 正

 H.261　　　 H.24409　　　 H.22045

 6741

其甲骨卜辭實際用法爲：

①似用本義

 王用竹若 H.15411

②似地名

 取竹弜于立 H.108

③似人名 ……卜貞竹來 Tun.4317

④方國名

 竹入十 H.902

⑤婦名

丁丑卜。王貞。令竹……H.20333

 ……竹妾 H.2863

 貞唐弗爵竹妾 H.2863

《說文》：「竹 ，冬生艸也。象形。下垂者，箁箬也。」

3. 箕，殷商字形如下：

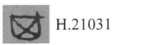 H.21031　　　 H.20070　　　H.20408

H.6846　　　H.27042 正　　　H.30083

其甲骨卜辭實際用法為：讀為「其」，語氣詞。

 貞其有牛 H.19424

 不其古 HD.373

 不其狩 HD.36

《說文》：「箕 ，簸也。從竹；其，象形；下其丌也。 古文箕省。 亦古文箕。 籀文箕。 亦古文箕 亦古文箕。」

4. 畀，殷商字形如下：

 H.21468　　　H.1430 乙　　　H.2766

H.4762　　　H.32915　　　HD.75

其甲骨卜辭實際用法為：

①賜予，給與

 寅秉雨夔畀雨 H.63 正

 貞羊畀舟 H.795 正

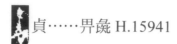貞……畀螽 H.15941

②獻給

貞畀丁……羌八……牛一 H.32084

貞丁畀我束 H.15940

《說文》:「畀 ，相付與之。約在閣上也。从丌由聲。」

5. 工，殷商字形如下：

H.5628 正　　　H.129　　　H.11484

H.23644　　　屯 2776　　　懷 1850

H.22075

其甲骨卜辭實際用法爲：

①工匠

又田百工 Tun.2525

②工事

貞犬延亡其工 H.4633

貞史亡其工 H.9472

貞臽亡其工 H.4247

其令又工于……H.29686

③職官名

庚寅卜。爭貞。令……工衛之擒 H.9575

④人名

乙酉卜。工貞。今夕……H.16609

⑤方國地名

己酉卜。水舌方 H.20615

……工于向不遘雨 Tun.2776

貞令才北工奴人 H.7294 正

貞……入工……（懷特 779）

⑥讀「貢」

其祝工父甲三牛 H.27462

……工典其翌 H.38301

⑦讀功

今春眾之工 H.18

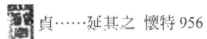貞……延其之 懷特 956

戊其之工 H.4276

貞我史之工 H.9472

《說文》：「工 ，巧飾也。象人有規榘也。與巫同意。凡工之屬皆从工。

徐鍇曰：『爲巧必遵規矩、法度，然後爲工。否則，目巧也。巫事無形，失在於詭，亦當遵規榘。故曰與巫同意。』 古文工从彡。」

6. 巫，殷商字形如下：

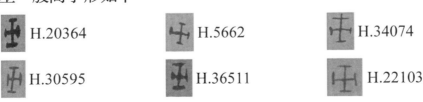

其甲骨卜辭實際用法爲：

①巫覡，巫神。

 甲子卜。㱿貞。妥以巫。二告 H.5658

 貞周以巫。二告 H.5654

 貞再以巫 H.946

 貞弗其以巫 H.5769

②祭祀對象。

 其帝于巫 H.32012

 癸亥貞。今日雨帝于巫狄一犬一 H.34155

 乙丑卜。酚伐辛未于巫 H.32234

《說文》：「巫 ，祝也。女能事無形，以舞降神者也。象人兩褎舞形。與工同意。古者巫咸初作巫。凡巫之屬皆从巫。 古文巫。」

7. 乃，殷商字形如下：

 H.21339　　　 H.10775 反　　　H.8986 反

 H.34189　　　 H.21433

其甲骨卜辭實際用法爲：

①第二人稱代詞。

 以乃邑 H.8986 反

 庚辰卜。于卜乃土 H.34189

②副詞，相當于「於是、然後」。

 乃令西史 H.9560

 乃丝之祟其之來娉H.367

 乃丝不暘日 H.655

《說文》：「乃 ，曳詞之難也。象气之出難。凡乃之屬皆从乃。臣鉉等曰：今隸書作乃。 古文乃。 籀文乃。」

8. 丂，殷商字形如下：

 H.20860　　　　 H.228　　　　 H.35240

 H.39465

其甲骨卜辭實際用法為：

①地名。

 丁酉卜。爭貞。在丂……H.228

 在丂牧來告 II.32616

卜，在丂……王步于……II.36777

壬申卜……亞丂 H.22086

②讀「考」。假借考妣之考

甲寅卜。又妣乙丂 H.22067

父丂于三且庚 H.22188

《說文》：「丂 ，气欲舒出。丂上礙於一也。丂，古文以為亏字，又以為巧字。」

9. 屮，殷商字形如下：

H.13173　　　　 H.11165　　　　 H.34481

屯 624　　　　 H.28244　　　　 H.38244

H.36915  7734 10725

其甲骨卜辭實際用法爲：

①與郭連用組成時間名詞

 中日至郭兮不雨 屯 624

 ……郭兮不雨 H.29796

 郭兮至昏不雨 H.29794

 郭兮雨 H.29799

②地名

 丁酉在兮貞 H.35344

 ……辰王卜，在兮，貞，姒毓，嘉，王囗曰，吉。在三月 H.38244

《說文》：「兮 ，語所稽也。从丂，八象气越亏也。」

10. 于，殷商字形如下：

 H.6692 H.4722 H.27142

 H.37398 H.38762 集 5505

其甲骨卜辭實際用法爲：

①引進動作、行爲的處所，意義相當於「在……地方」。

 帝于南犬 H.14323

 辛酉王田于雞 White.1915

②引進動作、行爲的時間，意義相當於「在……時間」。

壬辰卜，爭貞，王于八月入 H.5165

于日雨入 HD.258

 戊卜，于翌日……HD.53

③引進動作、行為的物件，意義相當於「向」、「對」、「對於」

 ……於大甲 HD.169

 叀牝於妣庚 HD.181

 叀牝于妣己 HD.223

④表示動作、行為的所從，意義相當於「從」或「自」、「由」。

 五十牛入于丁 HD.113

 肉入于丁 HD.401

 貞今亡月王入于商 H.7789

 ……王入于商 H.7796

⑤人名

 貞于入 H.8305

 貞于入十月 H.24407

 貞于入自日 H.24406

 貞于入……自裸……H.23703

《說文》：「亐　　，於也。象气之舒亐。从丂从一。一者，其气平之也。凡亐之屬皆从亐。今變隸作于。」

11. 皿，殷商字形如下：

 H.19970 反　　 H.21246　　 H.13753

H.31150　　　 H.31154　　　 H.28174

 7605　　　 5481

其甲骨卜辭實際用法爲：

①地名。

……多射収人于皿 H.5742

……皿雨 H.24894

……田于皿 H.10964

②人名

皿至豕 H.21917

《說文》：「皿 [篆文]，飯食之用器也。象形。與豆同意。」

12. 盧，殷商字形如下：

 H.34681　　　 H.32350　　　 H.28095

 H.21274　　　 H.22049　　　 H.22210

其甲骨卜辭實際用法爲：

①「黑」〔註4〕。

〔註4〕花東卜辭中有：「歲羊妣庚（花東 337）；歲妣庚羊一（花東 173）」與《合集》中習見的辭例類似，皆可釋爲「割剝以祭之義」，同時「歲十豕妣庚（花東 284）；歲妣庚豕（花東 83）；歲妣丁豕（花東 409）」三條卜辭中的歲也應當是割剝以祭之義。而從「于妣癸歲盧豕（合 22048）；丙辰貞。盧羊歲（合 22439）；屮歲于大庚舉盧豕（合 22077）」這三條卜辭中我們更能清楚的看出「盧」與「歲」並非同義，由此將「盧」看做「黑」可能更爲適合。此外花東卜辭中還有一條卜辭爲：「甲寅。歲且甲牝。歲且乙牢。白豕。歲妣庚牢歲盧（花東 115）」，其間有「白豕」，而將「盧豕」釋爲「黑豕」與「白豕」相對似乎也能進一步說明「盧豕」當釋爲「黑豕」，由此可見「盧」確有假借爲「黑」的用法。另習見「盧犬」亦是其證。

……妣乙盧豕 Tun.2238

妣戊盧豕 H.22210

盧豕廿 H.22438

于妣癸歲盧豕 H.22048

壬辰卜。之母癸盧豕 H.19957

②貞人名。

……盧貞……H.3929

己丑卜。盧貞。今夕……H.3930

庚辰卜。盧貞。今夕……H.3928

③方伯名。

盧方伯……Tun.667

……盧方……H.33185

④似祭名

卜。盧翌日壬翌 Tun.496

庚寅卜。盧彡甲午 Tun.4027

《說文》：「盧，飯器也。從皿盧聲。籀文盧。」

13. 井，殷商字形如下：

 H.1339　　　 H.2762　　　 H.2769

 H.32763

其甲骨卜辭實際用法爲：

①婦名。

 帚井示廿 H.17489

 帚井示三十 H.116 反

 貞乎帚井以燕 H.39663

②方國名。

 己巳貞。執井方 H.33044

 井方于唐宗飲 H.1339

 ⋯⋯井方⋯⋯H.6796

③地名

 ⋯⋯才井羌方⋯⋯Tun.2907

《說文》：「井 ，八家一井，象構韓形。‥，罋之象也。古者伯益初作井。」

14. 皀，簋之初文，殷商字形如下：

 H.3823　　　 H.9498 反　　　 屯 2380

其甲骨卜辭實際用法為：

①祭品。

 乙巳。歲且乙白⋯⋯又皀 HD.21

乙巳。歲且乙白飲。又皀 HD.296

②動詞，其義不詳。

王皀人三千乎 H.6990

③人名。

皀自西祭 HD.4

皀以奚，翌用于丁 H.1096

《說文》：「皀　　，穀之馨香也。象嘉穀在裹中之形。匕，所以扱之。或說皀，一粒也。凡皀之屬皆从皀。又讀若香。」

15. 鬯，殷商字形如下：

 H.13868　　　 懷 119　　　 英 1209

 H.25980　　　 H.30975　　　 HB.10398

 HD.161

其甲骨卜辭實際用法爲：

①祭祀、宴饗之香酒。

…鬯小臣卜立 H.27876

②祭祀動詞，用鬯祭祀

一白豕，又鬯 HD.278

叀牝又鬯且甲 HD.37

《說文》：「鬯　　，以秬釀鬱艸，芬芳攸服，以降神也。从凵，凵，器也；中象米；匕，所以扱之。《易》曰：『不喪匕鬯』。」

16. 爵，殷商字形如下：

 H.6589 正　　 H.2863　　 H.14768

 H.37458　　 H.22067　　 H.21926

 花東 349　　花東 441　　8840

其甲骨卜辭實際用法爲：

①祭祀動詞。

爵于祖丁 H.22184

……爵且乙 HD.449

……爵于……豸 H.22067

②行爵位。

唐弗爵竹妾 H.2863

……好弗爵 H.2673

③人名，婦名。

哭呼爵野弜于甫 H.30173

④地名

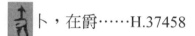卜，在爵……H.37458

……在爵 H.36537

《說文》：「爵 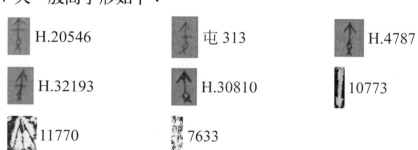，禮器也。象爵之形，中有鬯酒，又持之也。所以飲。器象爵者，取其鳴節節足足也。　古文爵，象形。」

17. 矢，殷商字形如下：

H.20546　　屯 313　　　H.4787

H.32193　　H.30810　　10773

11770　　　7633

其甲骨卜辭實際用法爲：

①箭

車二丙盾百八十三函十五矢 H.36481

②同「射」，射箭

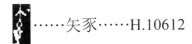……矢豕……H.10612

③借爲地支名「寅」

甲矢卜 H.20194

《說文》：「矢 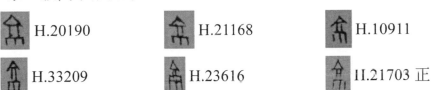 ，弓弩矢也。从入，象鏑栝羽之形。古者夷牟初作矢。」

18. 京，殷商字形如下：

 H.20190　　　　 H.21168　　　　 H.10911

 H.33209　　　　 H.23616　　　　 H.21703 正

其甲骨卜辭實際用法爲：

①地名

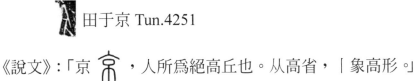在京奠。H.6

……京雨 H.13023

田于京 Tun.4251

《說文》：「京  ，人所爲絕高丘也。从高省，丨象高形。」

19. 亯，殷商字形如下：

 H.1197　　　　 H.18631　　　　 H.9551

 H.13619　　　　 H.32227　　　　 H.26993

 HD.502

其甲骨卜辭實際用法爲：

①人名

 子亯 H.3135

 子亯……H.3136

②地名

 貞今夕其星在亯 H.40205

 今日王勿往于亯 H.4632

《說文》:「亯 亯，獻也。从高省，曰象進孰物形。《孝經》曰:「祭則鬼亯之。」凡亯之屬皆从亯。 亯 篆文亯。」

20. 靣，廩之初文，殷商字形如下:

 H.14128 正　　 H.583 反　　 H.584 甲反

 H.9642　　 H.9645　　 H.33238

 H.33239　　 屯 539

其甲骨卜辭實際用法為:

①人名

 ……靣姷……H.18829

 貞靣弗其……二告 H.4872

②地名

 乎耤于靣 H.9509

 叀宁壹令省靣 Tun.539

 在南靣 H.5708 正

其在靣Tun.2169

《說文》：「靣 ，穀所振入。宗廟粢盛，倉黃靣而取之，故謂之靣。从入，回象屋形，中有戶牖。凡靣之屬皆从靣。 靣或从广从禾。」

21. 來，殷商字形如下：

 H.12483　　 H.1036　　 H.1422

 H.655 正甲　 H.32185　 H.27167

 H.36426　　 H.22045　 H.22164

 4749　　　 5990

其甲骨卜辭實際用法為：

①回來，歸來

 ……王來正……H.36534

 隹舌方來 H.8583

 王來正人方 H.36499

②來奉，貢納

 不其來馬 H.945 正

 貞不其來馬 H.9173

③未來，將來

 己未卜。今日不雨在來 H.20907

于來日丁丑雨 White.1366

于來日叀 H.29736

于來辛巳酚H.28279

④地名

……往田于來 H.33362

王其田于來 H.40957

《說文》：「來 ，周所受瑞麥來麰。一來二縫，象芒束之形。天所來也，故為行來之來。《詩》曰：『詒我來麰。』」

22. 夒，殷商字形如下：

H.21102　　　　　H.10468　　　　　H.8984

H.8984　　　　　　H.29247　　　　　H.18072

H.18918　　　　　HB.495 正　　　　H.21102

H.10067　　　　　H.14367　　　　　H.14373

H.34172　　　　　屯 4582　　　　　H.30342

其甲骨卜辭實際用法為：

①商先祖名

迺酚于夒 Tun.1062

辛……酚……夒六牛 Tun.2031

庚寅卜。隹夒蚩禾 H.33337

叀高且夒祝用受又 H.30398

《說文》：「夒 ，貪獸也。一曰母猴，似人。從頁，巳、止、夂，其手足。臣鉉等曰：巳、止，皆象形也。」

六　卷

1. 木，殷商字形如下：

 H.32806　　　 H.5749　　　 英 530

 H.32349　　　 H.33193　　　 H.22074

 781

其甲骨卜辭實際用法爲：

①樹木。

 坒木 H.5749

②人名。

 王令木其酋告 H.33193

③方國名。

 壬午貞。癸未王令木方止 H.33193

④地名

 王獸木 H.24444

 戊子卜。木雨 Tun.2149

 卜。在木……田衣……亡巛 H.37532

 丁亥卜。王在𠣘木 H.24271

⑤時間名詞〔註5〕

 于木月又 H.32349

〔註 5〕可讀爲「生月」（參見裘錫圭：《釋「木月」「林月」》，古文字研究第二十輯，2000
　　年 03 月，第 179 頁）但亦有學者不同意此説。我們認爲「木月」當是與時間有關
　　的名詞而「木月」之「木」不用其其本義和引申義應該是可信的。

于木月告 H.33015

《說文》：「木 ，冒也。冒地而生。東方之行。从屮，下象其根。凡木之屬皆从木。徐鍇曰：『屮者，木始甲拆，萬物皆始於微。故木从屮。』」

2. 才，在字初文。殷商字形如下：

	H.19946 反？		H.19946 反		H.900 正
	H.900 正		H.33273		H.24246
	H.24474		H.29365		懷 1350
	花東 262		H.371 反		H.371 正
	H.371 反		英 1989		5413

| | H.371 反 | | H.371 正 | | H.371 反 |

其甲骨卜辭實際用法為：

①處在。

 多左在田。HD.113

 其在企 HD.235

 在中丁宗 H.38223

②介詞。介紹處所。介紹對象，相當于「于」。

貞亡尤在三月 White.1258

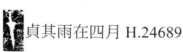 貞其雨在四月 H.24689

 在六月 H.36537

《說文》：「才 ，艸木之初也。從丨上貫一，將生枝葉。一，地也。凡才之屬皆從才。徐鍇曰：『上一，初生歧枝也。下一，地也。』」

3. 桑，殷商字形如下：

 H.6959　　　 H.10058　　　 H.35584

 H.37494　　　 H.37562

其甲骨卜辭實際用法為：

①地名

 壬子卜貞……田桑。往來亡災 H.37494

 癸巳王卜。在桑 H.36914

 ……在桑貞……H.37562

 貞乎取般狩桑 H.10934

②人名

 癸巳卜。在八桑貞，王旬……H.36916

《說文》：「桑 ，蠶所食葉木。從叒、木。」

4. 帀，殷商字形如下：

 H.26845　　　 H.27894　　　 英337

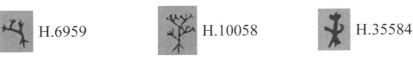 H.21894

其甲骨卜辭實際用法不明：

 辛酉卜，王翌壬戌戔帀甾十二月 H.33082

《說文》：「帀 ，周也。從反之而帀也。凡帀之屬皆從帀。周盛說。」

5. 宋，殷商字形如下：

H.1385 正　　　　 H.10975　　　　 H.1532 正

H.36622

其甲骨卜辭實際用法為：

①地名

壬戌卜貞，王田于宋……H.36622

②讀次，位次，祖先神位

巳卜……大甲宋H.33374

……周宋我……H.8465

……戎……土示……成宋……H.19619

弓燎于咸宋H.1385 正

《說文》：「宋 ，止也。从宋盛而一橫止之也。」

6. 南，殷商字形如下：

H.20576 正　　　　 H.19869　　　　 H.12870 乙

H.378　　　　 H.32256　　　　 H.22543

H.28231　　　　 H.30374　　　　 H.36387

其甲骨卜辭實際用法為：

①方位名，與北相對

己未卜貞……在南土 H.20576

于丁卯酌南方 H.30173

……之于南方 H.8746

②地名

貞在南奠 H.7885

③先妣名

貞南庚蚩H.2022

南庚 H.1777

④讀「穀」假借為小豕。乳幼牲畜之稱。

貞尞牛之三南 H.15620

……牛四南 H.15632

五白牛之南 H.203 反

牛三南三羌（H.378 正）

⑤似人名（甲戌卜貞。羌弗死子臣 HD.215）

南弗死 HD.38

《說文》：「南 ，艸木至南方，有枝任也。从宋羊聲。 古文南。」

7. 貝，殷商字形如下：

H.20576 正　　　H.19895　　　H.11429

H.11431　　　H.29694　　　5413

其甲骨卜辭實際用法為：

①貝殼。

爭貞令亳宁鷄貝卤……H.18341

壬午叀貝來受甾 H.21969

取之貝 H.11425

貞雫丁其之貝小告 H.11423

②貝幣。

叀貝朋。吉（H.29694）

賜貝一朋。一月 H.40073

③地名。

……弜克貝雀南 H.20576

《說文》：「貝 ，海介蟲也。居陸名猋，在水名蜬。象形。古者貨貝而寶龜，周而有泉，至秦廢貝行錢。凡貝之屬皆从貝。」

8. 朋，殷商字形如下：

H.11438　　H.11443　　H.19336

懷 142　　H.21774

其甲骨卜辭實際用法爲：古代的貨幣單位

四朋 Tun.2621

以十朋 H.11445

其卅朋 White.142

七　卷

1. 认　殷商字形如下：

H.6948 正　　H.4934　　H.27352

H.31023　　　 H.31136

其甲骨卜辭實際用法爲：

①旒

 甲子卜。王狀卜大狀 H.22758

 壬午卜貞。已狀立于河 White.1636

 弜其立狀 H.28207

②疑爲人名

 狀亡疾 H.13764

 人五千乎狀 H.6540

《說文》：「狀 ，旌旗之游，狀蹇之兒。從屮・曲而下，垂狀相出入也。讀若偃。古人名狀，字子游。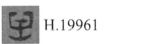 古文狀字。象形。及象旌旗之游。」

2. 屮，殷商字形如下：

 H.19796　　 H.19961　　 H.1713

 H.1509　　　H.19957 反　　　H.22825

其甲骨卜辭實際用法爲：

①讀「有」有無之有、名詞詞頭

屮 貞其屮來戎 H.7740

屮 其屮來羌 H.252

屮 貞其屮來羌自西 H.6597

②讀「侑」祭祀動詞

屮 屮大甲卅牢 H.19828

貞屮于丁一牛 White.172

貞。翌丁卯屮于牢之一牛 H.15080

③讀「又」連詞

貞五牛十羊屮四 H.11065

貞牢屮一牛 H.962

旬屮三日 H.6830

貞尞牛屮三南 H.15620

④讀爲「祐」，祈神靈保佑

之于屮且牢 H.924

乎⋯⋯央之于屮且 H.39686

乎子漁之于屮且 H.2973

⑤似爲可影響戰爭勝負的神靈〔註6〕

伐吾方受屮又，一月 H.6275

伐巴方受屮又 H.6479

〔註6〕卜辭中「又」有「保佑」之義如：「王受又（合36169）；戊受又（合4285）；曰隹
其受又（合21841）；二牢王此受又（合31190）。」而「屮又」連用在卜辭中也較
爲常見如：「伐吾方受屮又，一月（合6275）；伐巴方受屮又（合6479）；伐土方受
屮又（合6433）」。上揭三例中的「受屮又」中的「屮」似乎不應該再被當做動詞
「保佑」而應該視作名詞義爲「神靈」可能更爲合適，而將「受屮又」解釋爲「受
到神靈的保佑」似乎更爲通順。卜辭中還有：「屮于屮且牢（合924）；乎⋯⋯央屮
于屮且（合39686）；乎子漁屮于屮且（合2973）」如「于」之後的「屮」釋爲「有」
則難以解釋，此處「屮」也應當作名詞。同時細察與「受屮又」相關的辭例之後我
們發現，該類卜辭大多與戰爭有關，故推測「屮」神當是商人認爲可以保佑其獲得
勝利的神靈。

伐土方受㞢又 H.6433

勿令禽伐舌方弗其受㞢又 H.6297

3. 囧，殷商字形如下：

 H.20041　　　 H.18716　　　 H.695

 H.8103　　　 H.32543

其甲骨卜辭實際用法為：

①地名

王未更父丁以于囧 H.32024

庚寅貞。王米于囧以且乙 H.32543

庚辰貞。在囧……H.33225

《說文》：「囧  ，窓牖麗廔闓明。象形。凡囧之屬皆从囧。讀若獷。賈侍中說：讀與明同。」

4. 毌，本義當為盾牌，殷商字形如下：

 H.20220　　　 H.20297　　　H.10514

 H.33986　　　 H.27975　　　 H.6972

 H.9082　　　 H.7427 正　　　 集 11767

 集 10871　　　　　　　　　　　 集 7223

其甲骨卜辭實際用法為：

①人名

庚戌卜，毌网獲雉十五 H.10514

毌弗其妣眉 H.2516

②侯伯名。

……侯丑來 White. 380

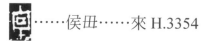……侯丑……來 H.3354

③方國名

……丑弗戈周。十二月 H.6825

貞……丑弗戎 H.24363

《說文》：「丑，穿物持之也。从一横貫，象寶貨之形。凡丑之屬皆从丑。讀若冠。」

5. 卣，殷商字形如下：

 H.21306 乙　　 H.21306 甲　　 H.14128 正

 H.33292　　 H.28822

其甲骨卜辭實際用法爲：

①盛酒器。

用十卣又五卣 Tun.110（剪切字形爲第一個「卣」）

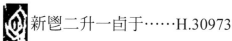新鬯二升一卣于……H.30973

②量詞。

……鬯十卣 Tun.504

鬯一卣 H.15795

③貞人名。

癸亥卜。卣貞……H.3927

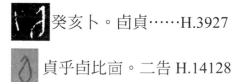貞乎卣比㞷。二告 H.14128

6. 朿，刺之初文。殷商字形如卜：

 H.21256　　　 H.5146　　　 H.14161 正

 H.32967　　　 集 1245　　　 集 1247

其甲骨卜辭實際用法爲：

①箭鏃

畀朿 H.22033

乙巳貞。畀朿 Tun.2633

②祭祀對象

祝亞朿巍 H.22137

尢亞朿狃H.22137

③用牲法

……凡牛朿羊朿豕朿。二告 H.7773

羊朿 H.22226

姚庚牢朿羊豕 H.22226

④人名

貞乎朿尹之禽 H.5618

甲午卜貞乎朿尹之禽 Bu.532

《說文》：「朿 ，木芒也。象形。凡朿之屬皆从朿。讀若刺。」

7. 爿，床之初文。殷商字形如下：

H.14576 正甲　　　H.43　　　H.32982

H.22394

其甲骨卜辭實際用法爲：

①祭祀動詞

 爿母庚 H.22239

②人名

 隹值小臣爿 H.5598

 貞小臣爿得 H.5600

③地名

 在爿牧 H.36969

 戊戌貞。又牧于爿攸侯畄啚 H.32982

 甲辰卜。在爿牧……Tun.2320

《說文》：「片 ╟ ，判木也。从半木。」

8. 鼎，殷商字形如下：

 H.19962　　 H.171　　 H.418 正

 H.13404　　 HB.6917　　 H.30013

 HB.6882　　 HD.550

其甲骨卜辭實際用法爲：

①祭祀動詞

貞鼎牢 H.11350

其鼎用三牢犬羊 H.30997

②讀爲貞，義爲卜問

王其鼎又大雨。H.30013

《說文》:「鼎 ，三足兩耳，和五味之寶器也。昔禹收九牧之金，鑄鼎荊山之下，入山林川澤，螭魅蝄蜽，莫能逢之，以協承天休。《易》卦:巽木於下者爲鼎，象析木以炊也。籀文以鼎爲貞字。」

9. 米，殷商字形如下:

 H.72 反　　　　 英 191　　　　 H.34592

 H.32963　　　　 屯 1126　　　　 H.33230

其甲骨卜辭實際用法爲:
①米（祭品）

……昪米……H.4124

②疑爲播種。

 王弜米 Tun.1126

③疑爲一種祭祀

 癸卯貞。米于且乙 H.32540

 甲申貞。王米于以且乙 H.32543

《說文》:「米 ，粟實也。象禾實之形。」

10. 尗，殷商字形如下:

 H.7932

其甲骨卜辭實際用法不明:

……王往……尗弓于……喪 H.7932

《說文》:「尗 ，豆也。象尗豆生之形也。」

11. 耑，殷商字形如下：

 H.18017　　 H.20070　　 H.6843

 H.6844　　 H.8267

其甲骨卜辭實際用法爲：

①方國名或地名

 征伐耑（H.6844）

 甲申卜，王貞，侯其戋耑 H.6842

 在耑 H.24248

《說文》：「耑 ，物初生之題也。上象生形，下象其根也。凡耑之屬皆从耑。」臣鉉等曰：中，地也。」

12. 宀，殷商字形如下：

 H.13517　　 H.2858　　 H.22246

 H.22293　　 5501

其甲骨卜辭實際用法爲：

①房屋

 丁卯卜，乍宀于兆 H.13517

 于東宀 H.34069

 辛未卜，乍宀 H.22246

 辛未……乍宀 H.22247

《說文》：「宀 ，交覆深屋也。象形。」

13. 网，殷商字形如下：

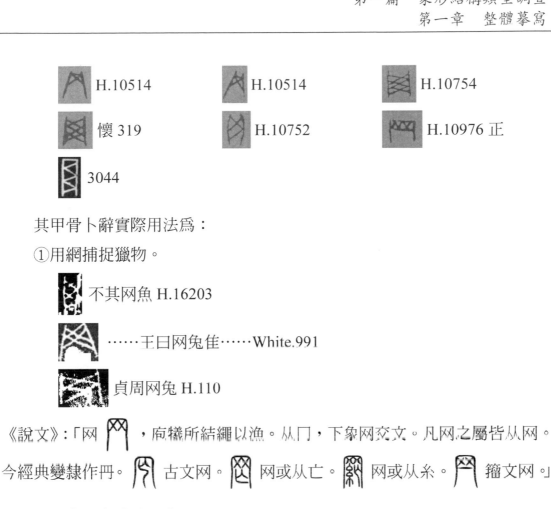

其甲骨卜辭實際用法爲：

①用網捕捉獵物。

不其网魚 H.16203

……王曰网兔隹……White.991

貞周网兔 H.110

《說文》：「网 ，庖犧所結繩以漁。从冂，下象网交文。凡网之屬皆从网。今經典變隸作罒。 古文网。 网或从亡。 网或从糸。 籀文网。」

14. 巾，殷商字形如下：

H.16546　　　H.11446

其甲骨卜辭實際用法爲：

①似爲地名

……其田巾 H.29404

《說文》：「巾 ，佩巾也。从冂，丨象糸也。」

15. 帶，殷商字形如下：

H.13935　　　H.20502　　　H.26879

H.28036　　　HD.451

其甲骨卜辭實際用法爲：

①婦名

……婦帶之子 H.13935

②地名

戍帶 H.28035

《說文》：「帶 ，紳也。男子鞶帶，婦人帶絲。象繫佩之形。佩必有巾，从巾。」

16. 帚，殷商字形如下：

H.20463 反   H.19995   H.2819

H.2818   H.709 正   H.17506 臼

H.33964   H.21556   HD.63

HD.122   HD.451   HD.492

HD.5   922

其甲骨卜辭實際用法為：

①用同「婦」。

甲申卜。子其見帚好……HD.26

丙卜。隹帚好乍子齒 HD.28

帚井毓 H.32763

帚好冥 H.14001

癸卯卜。弜告帚好 HD.296

②祭祀對象

丁巳卜貞。之于帚小牢 H.2828

貞之于帚叀小牢 H.2827

《說文》：「帚 ，糞也。从又持巾埽门內。古者少康初作箕、帚、秫酒。少康，杜康也，葬長垣。」

17. 黹，殷商字形如下：

 H.28134　　 H.28135　　 屯 3165

 HD.480　　 H.20052　　英 1770

其甲骨卜辭實際用法為：

①婦名

 帚黹子 H.40856

②人名

 叀乙亥遘黹 H.28134

③地名：

王往于黹 H.8284

《說文》：「黹 ，箴縷所紩衣。从㡀，丵省。臣鉉等日：丵，眾多也，言箴縷之工不一也。」

八　卷

1. 人，殷商字形如下：

 H.20463 反　　 H.19929　　 H.8412

 H.1076 正甲　　 屯 3072　　 H.31892

 H.36483　　 H.22092

西周

2 號卜甲　　　H31:3　　　H11:4

其甲骨卜辭實際用法爲：

①人

貞使人往于唐 H.5544

王使人于陝。H.376 正

②泛稱人牲：

　叀三人 HD.37

王賓武丁伐十人卯三牢。H.35355

貞三牢羌五人 H.22566

伐五人。王受又 H.26996

③方族名：

王來正人方 H.36496

……正人方 H.36506

癸卯卜人方。H.33194

《說文》：「人 ，天地之性最貴者也。此籀文。象臂脛之形。」

2. 弔，殷商字形如下：

H.4227　　　H.6635　　　H.31807

H.27738

其甲骨卜辭實際用法爲：

①似爲捕係之意：

貞弗其弔羌龍 H.6637

 弔羌龍 H.6636

②似祭名

 御弔于兄丁。H.4306

③人名：

 弔弗逐 H.10294

《說文》：「弔 ，問終也。古之葬者，厚衣之以薪。从人持弓，會毆禽。」

3. 丘，殷商字形如下：

 H.4733　　　 H.7838　　　 H.8385

 H.8387　　　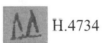 H.4734　　　 H.8382

 H.33738　　 H.30272

其甲骨卜辭實際用法爲：

①地名：

 在丘奠 H.39683

 燎于丘商。H.7838

 媚不陟丘 H.14792

 丁亥卜。庚卯雨在京丘 Tun.2149

②人名

 丘入……H.9331

 貞乎取丘汏 H.5510

《說文》：「丘 ，土之高也，非人所爲也。从北从一。一，地也，人居在丘南，故从北。中邦之居，在崑崙東南。一曰四方高，中央下爲丘。象形。，古文從土。」

4. 卒〔註7〕，殷商字形如下：

 H.19841　　　　 H.20611　　　　 H.22646

 H.22663　　　　 H.22914　　　　 H.9524

其甲骨卜辭實際用爲，

①終了

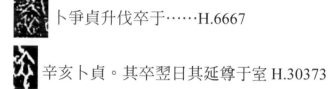 卜爭貞升伐卒于……H.6667

 辛亥卜貞。其卒翌日其延尊于室 H.30373

《說文》：「卒 ，隸人給事者衣爲卒。卒，衣有題識者。」

5. 舟，殷商字形如下：

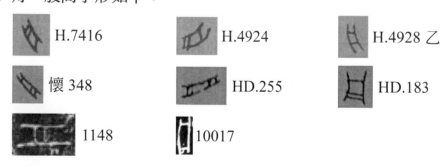 H.7416　　　　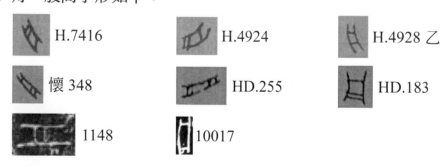 H.4924　　　　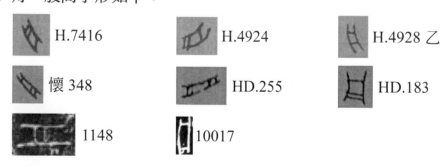 H.4928 乙

 懷 348　　　　 HD.255　　　　 HD.183

 1148　　　　 10017

西周

 H11:4

其甲骨卜辭實際用法爲：

①舟船

〔註7〕裴錫圭：《釋殷墟卜辭中的「卒」和「裨」》，《中原文物》1990 年 3 期。靜態摹寫表達動態意味的代表。

取舟不若。H.655 正乙

②人名

貞勿令舟 H.4924

翌甲其乎多臣舟 HD.183

舟上甲 H.1221

③地名或方國名

伐舟 H.2653

……羌舟啓王 H.7345

《說文》：「舟 ，船也。古者，共鼓、貨狄，刳木爲舟，剡木爲楫，以濟不通。象形。」

九　卷

1. 丏，殷商字形如下：

H.19893　　　H.20824　　　H.24551

屯 4093　　　H.30131

其甲骨卜辭實際用法爲：

①祭祀動詞，以舞祭

丏舞其……Tun.825

更丏舞。大吉 H.29690

②某種舞蹈的舞者

丏其奏不遘大雨 H.30131

乎丙舞 H.28461

……王其乎丙奏 H.31025

③地名或方國名：

……御用牢……更在丙 H.19893

《說文》：「丙 丙，不見也。象壅蔽之形。」

2. 首之初文。殷商字形如下：

H.6032 正　　H.6037 正　　H.13615

H.13619　　H.15105　　H.29255

H.29279　　英 2526　　H.22130

H.916 正　　H.22092　　HD.304

HD.304　　HD.446

其甲骨卜辭實際用法爲：

首：道之初文。

①頭

 子疾首 HD.304

 ……疒首 H.13618

 ……殼貞。之疒首 H.13615

②地名。

貞王盉首 H.6031

 翌乙亥王盉首……H.6032

 王來盉首。雨小 H.6037

《說文》：「首 ，百同。古文百也。巛象髮，謂之鬈，鬈即巛也。」

3. 旬，殷商字形如下：

 H.19779　　 H.20964　　 H.13361

 H.137 正　　 H.11645 正　　 H.11640

 H.26586

其甲骨卜辭實際用法爲：

①時間詞，十天

 五旬 HD.112

 二旬又三日至 HD.290

 ……旬口雨 HD 183.

②似地名。

 尞于旬雨 Tun.770

《說文》：「旬 ，徧也。十日爲旬。从勹、日。 古文。」

4. 山，殷商字形如下：

 H.20980 正　　 H.20271　　 H.5431

 H.33233 正　　 H.30173　　 H.21110

 H.21581　　 1561

其甲骨卜辭實際用法爲：

①山岳

 癸卯……往三山 H.19293

庚午卜。其萊雨于山 H.30173

 不降山 H.34711

②山神

 ……寮于十山 H.34166

 勿于九山寮。H.96

③人名

貞勿……山入御事 H.5561

 王貞……王山來……H.5431

《說文》：「山 ，宣也。宣气散生萬物，有石而高。象形。」

5. 户，殷商字形如下：

 H.8494　　　　 H.8500　　　　 H.6494

 H.32896　　　　 H.36961

其甲骨卜辭實際用法為：

①方國名：

 王叀望乘比伐下户。H.811 正

 ……王其……下危受……H.8494

②地名：

 ……在危 H.24395

 庚辰王卜。在危貞。今日步于 H.41768

 在正月在危卜 H.41075

《說文》：「产 ，仰也。从人在厂上。一曰屋梠也，秦謂之桷，齊謂之产。」

6. 石，殷商字形如下：

　　 H.21050　　　　 英 1846　　　　 H.9552

　　 H.33916　　　　 H.28180

其甲骨卜辭實際用法爲：

①土石之石

　　 辛卯卜。永貞。今十三月……至十石 H.39680

　　 爭……取畢石……H.14466

　　 ……戉之石一橐弗其……H.7698

②設廟主（同「祐」）

　　 石南庚。H.2020

　　 石以羌……H.284

　　 石御于庚 H.22048

③婦名

　　 戊午卜。帚石力 H.22099

《說文》：「石 ，山石也。在厂之下；口，象形。」

7. 冉，殷商字形如下：

　　 H.7434　　　　 H.8088 反　　　　 H.28078

其甲骨卜辭實際用法爲：

①人名

　　 辛冉……遘戎……月 H.28078

貞冉毛告不 H.22067

《說文》：「冄 ，毛冄冄也。象形。」

十　卷

1、庐，殷商字形如下：

 H.20605　　　 H.7814　　　 H.8221

 H.8310 正　　　 英 66 正

其甲骨卜辭實際用法爲：

①地名

貞王往出于庐 H.1110 正

 己卯宜牝在庐 H.7814 反

2. 火，殷商字形如下：

 H.21095　　　 H.21095　　　 H.12488 乙

 懷 449　　　 H.11503 反

其甲骨卜辭實際用法爲：

①水火之火

貞西單火……辛……H.18938

 癸酉貞旬亡火 H.34797

 丙寅卜彀貞其之火 H.2874

②名

 有新大星並火。H.11503 反

③地名

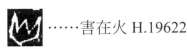……害在火 H.19622

④火祭

其告火自毓且丁 H.27317

《說文》：「火 ，燬也。南方之行，炎而上。象形。」

3. 壺，殷商字形如下：

H.18559	H.18560	H.7382 臼
英 751	英 2674 正	英 2674 正

其甲骨卜辭實際用法為：

①人名

丁亥壺示一屯 H.7382

《說文》：「壺 ，昆吾圜器也。象形。从大，象其蓋也。」

4. 幸（夆），殷商字形如下：

H.20378	H.5831	H.5838
H.10372		

其甲骨卜辭實際用法為：

刑具

①抓獲

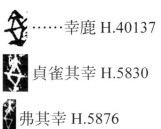……幸鹿 H.40137

貞雀其幸 H.5830

弗其幸 H.5876

貞我弗其幸舌方 H.6334

②似語氣詞

丁酉卜，乎雀疋束幸 H.5829

殼貞……叀之又幸 H.5848

《說文》：「幸 ，所以驚人也。从大从羊。一曰大聲也。一曰讀若瓠。一曰俗語以盜不止爲幸，幸讀若籬。」

5. 莱，殷商字形如下：

H.21179　　H.12861　　H.1439

H.3941　　H.32031　　H.30173

H.33683　　H.22184

其甲骨卜辭實際用法爲：

①企求

莱年于岳 H.385

乙巳卜，殼貞于河莱年 H.10092

莱年于上甲尞三小牢卯三牛 H.10109

貞于河莱 H.14543

②祭祀動詞

莱妣庚 HD.187

其莱妣辛其言日酚 H.27548

癸丑卜，莱且丁且辛父己 H.22184

卜，其枼且乙南庚 H.27207

辛巳卜，酓枼且乙 H.19840

6. 囟，讀西。殷商字形如下：

西周

FQ2④　　　2號卜甲　　　H11:20

1號卜甲

《說文》：「囟，頭會，腦蓋也。象形。 古文囟字。 或从肉、宰。」

①讀「西」

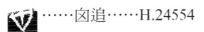……囟追……H.24554

……狩……于囟 H.10957

②人牲

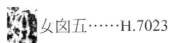女囟五……H.7023

羌方囟其用。王受又 H.28093

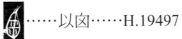……以囟……H.19497

③似祭名

其用囟在妣辛裸至母戊 Tun.2538

囟御三牢周妣庚 H.22246

……用危方囟于妣庚 H.28092

7. 心，殷商字形如下：

H.11427　　　H.6928 正　　　H.5297

H.6　　　　　　 H.22003

其甲骨卜辭實際用法爲：

①心臟

 庚卜。子心疾 HD.181

②內心、思慮

 甲卜。子又心 HD.446

 壬辰卜。子心不吉 HD.416

 貞王之心。H.11424 正

 王心亡艱入……H.7182

③地名

 貞于心上甲二牛。H.905 正

《說文》：「心 ，人心，土藏，在身之中。象形。博士說以爲火藏。」

十一卷

1. 水，殷商字形如下：

 H.33349　　　 H.10152　　　 H.10150

 H.24443　　　 H.33347　　　 英 2593

 H.22288

其甲骨卜辭實際用法爲：

①河流類稱 H.20615

……商水大……H.33350

乙丑……貞洹水弗」H.10158

②洪水

貞今秋禾不遘大水 H.33351

……貞……之大水 H.24439

貞其有大水 H.10150

③發洪水

曰其水允其水 HD.59

壬子卜亡水 H.33356

④似祭名

辛酉卜，御水于……H.10152

……水告于……H.15244

其告水入于上甲祝大乙一牛 H.33347

⑤似祭祀動詞

今日王其水寢五月。H.23532

戊學貞。王其水 H.34674

《說文》：「水 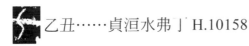 ，準也。北方之行。象眾水並流，中有微陽之气也。」

2. 災（灥），殷商字形如下：

 H.28360　　 H.36475　　 H.36571

H.36650　　H.19268　　H.12836

H.17207　　H.24227　　H.28589

H.28773

 H.28360　　 H.36475　　 H.36571

 H.36650 从才聲

其甲骨卜辭實際用法爲：

①災禍

　戊申卜貞。王其田亡川川 Tun.648

　眾有川川九月。H.48

　……往來亡川川 H.36721

《說文》：「川川 ，害也。从一雝川。《春秋傳》曰：『川雝爲澤，凶。』」

3. 雷，殷商字形如下：

 H.21021　　 H.13418　　 H.346 正

 H.13408 正　　 H.24364 正　　 H.24367

 H.24367

其甲骨卜辭實際用法爲：

①打雷

　……帝其令雷 H.14130

　各云自北，雷，隹丝雨 H.21021

　……云雷……H.13418

　庚孚卜貞。丝雷其雨 H.13408

　七日壬申雷 H.13417

②人名

 癸酉余卜貞。雷帚又子 H.21797

 㱿貞，雷耤于明，吉 H.9505

③地名

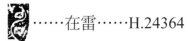 于雷炆 H.34482

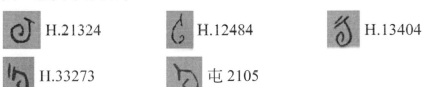 ……在雷……H.24364

《說文》：「靐 ，陰陽薄動靐雨，生物者也。从雨，晶象回轉形。
古文靐。 籀文。靐閒有回；回，靐聲也。」

4. 雲，殷商字形如下：

 H.21324　　 H.12484　　 H.13404

 H.33273　　 屯 2105

其甲骨卜辭實際用法為：

①風雲之雲。

 啓，不見云 H.19786

 各云自北 H.21021

 之各云自東。H.10405 反

②地名

 乙卯卜。㱿……尞于云……H.13400

 貞剢于云。H.11407

《說文》：「雲 ，山川气也。从雨，云象雲回轉形。  古文省雨。
亦古文雲。」

5. 魚，殷商字形如下：

 H.20738　　 H.10488　　 屯 637

 H.22226　　 HD.236　　 6684

 7537　　 7538　　 3063

西周

 H11:48

其甲骨卜辭實際用法為：

①魚：

 隻魚其三萬不……H.10471

②捕魚

 貞王魚 H.10488

 十月。在甫魚 H.7894

 來乙巳魚。H.223

③地名

 ……自魚……受禾 H.28237

 勿自魚。H.15485

《說文》：「魚　，水蟲也。象形。魚尾與燕尾相似。」

6. 燕，殷商字形如下：

 H.12523　　 H.5281　　 懷 389

 H.5290　　 H.27846　　 HB.11038 正

用法不詳

 貞叀雨燕 H.12751

 貞屮燕吉 H.12523

 叀吉燕用 H.27846

《說文》：「燕 ，玄鳥也。籋口，布翄，枝尾。象形。」

7. 龍，殷商字形如下：

 H.21471 正　　 H.6476　　 H.4056

 H.4658　　 H.4035　　 H.9552

 H.27021　　 H.21804 龍　　 10486

西周

 H11:92

其甲骨卜辭實際用法為：

①祭祀對象：

 用豕至小牢龍母 H.21803

 御龍母。H.21805

 ……帚龍示卅 H.17544

②方國名：

 勿佳龍方伐 H.6583

 ……龍方……H.6592

 貞王叀龍方伐。H.6476

③人名

……殼貞，乎龍田于……H.8593

……令龍以……H.20741

貞龍來以 H.9076

《說文》：「龍 ，鱗蟲之長。能幽，能明，能細，能巨，能短，能長；春分而登天，秋分而潛淵。从肉，飛之形，童省聲。」

8. 翼（冀），殷商字形如下：

H.9816 反　　 H.6834　　 H.515

H.1526　　 H.13117　　 H.23126

H.37844　　 10683　　 5413

其甲骨卜辭實際用法爲：

①祭名

夕歲小牢翌妣庚 HD.39

在十二月甲子翌且甲 H.41737

②人名。

甲卜，乎多臣見翌丁 HD.92

甲卜，乎多臣見翌于丁 HD.453

③讀「昱」指將來

翌日甲酌H.30849

于翌日癸 Tun.1060

翌日壬雨 Tun.2358

十二卷

1. 不，殷商字形如下：

 H.19903　　 H.21401　　 H.19900

 H.2510　　 H.6834 正　　 HB.38 正

 H.24499　　 HD.451　　 HD.321

西周

 H11:135　　 H11:47　　 H11:106

其甲骨卜辭實際用法為：

①否定副詞

 不雨 HD.139

 不其狩 HD.36

②讀「否」，疑問語氣詞

 二羊父乙不？H.19932

 己亥雨不 H.11787

 庚戌卜。今日狩不 H.20757

③人名

 辛酉卜……乎不……H.18691

《說文》：「不　，鳥飛上翔不下來也。从一，一猶天也。象形。」

2. 臺，殷商字形如下：

HD.502

其用法不明似動詞：

 于南 HD.502

《說文》：「臺 🏛 觀，四方而高者。从至从之，从高省。與室屋同意。」

3. 西，殷商字形如下：

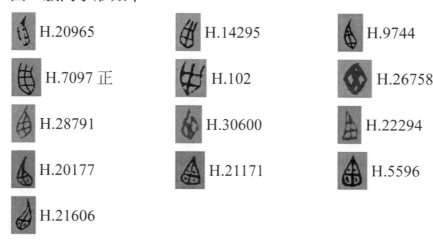

H.20965　　H.14295　　H.9744

H.7097 正　　H.102　　H.26758

H.28791　　H.30600　　H.22294

H.20177　　H.21171　　H.5596

H.21606

其甲骨卜辭實際用法為：

①方位詞：

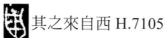 甲𡥀卜。㱿貞。在西 H.15198

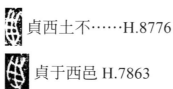 其之來自西 H.7105

乎取在西 H.8832

②地名

 貞西土不……H.8776

貞于西邑 H.7863

西邑害 H.7864

《說文》：「西 🥚，鳥在巢上。象形。日在西方而鳥棲，故因以為東西之西。

· 90 ·

古文西。　西或从木、妻。　籀文西。」

4. 戶，殷商字形如下：

 H.30294　　　 H.32833　　　 懷 1267

 H.31230

其甲骨卜辭實際用法爲：

①門（單扇）：

其啓廷西戶祝于妣辛 H.27555

于南戶尋王羌 Tun.2043

《說文》：「戶　，護也。半門曰戶。象形。凡戶之屬皆从戶。　古文戶从木。」

5. 門，殷商字形如下：

 H.20770　　　 H.12814 正　　　 H.13598

 H.32035　　　 屯 217　　　 H.32718

 H.29342　　　 H.22246

其甲骨卜辭實際用法爲：

①門：

貞于乙門令 H.13598

貞勿于乙門 H.13598

王于南門逆羌。H.32036

②地名。

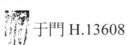于門 H.13608

方不征于門。Tun.591

③祭祀場所

帝乇寮門 H.22246

《說文》:「門 門，聞也。从二戶。象形。凡門之屬皆从門。」

6. 耳，殷商字形如下：

 H.20338　　　　 H.21099　　　　 H.14755 正

懷 955　　　　　英 608 臼　　　　 H.21648

 H.22190　　　　447　　　　　1222

9461

其甲骨卜辭實際用法為：

①耳朵。

貞疒耳御于……H.13632

貞疾耳隹之害 H.13630

②貞人名

丁酉卜。耳貞 H.967

③族名

耳人歸。H.21648

《說文》:「耳 耳，主聽也。象形。」

7. 職，殷商字形如下：

 H.20649　　　　 H.15588 正　　　 H.10201

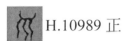 H.10989 正　　　 H.30283　　　 懷 25

其甲骨卜辭實際用法爲：

①祭名

 ……聝于且丁 H.412

 其御子聝妣己眔妣丁 HD.273

 丙卜，其御子聝妣丁牛 HD.409

 巳卜，御子聝匕羊妣庚 HD.409

②侯伯名

 戊午卜。聝弗其以我史妾 H.673

 貞王叀聝白龜比伐…方…H.6480

③方國名或地名

 己未卜，雀隻虎弗隻一月在聝 H.10201

《說文》：「聝 聝 ，軍戰斷耳也。《春秋傳》曰：「以爲俘聝。」从耳或聲。

馘 聝或从首。」

8. 女，殷商字形如下：

 H.19907　　　 H.19963　　　 H.728

 H.10084　　　 H.23474　　　 H.26992

 H.28240　　　 H.22133 女　　　 7411

 922

西周

 H11:1　　　 H11:98

其甲骨卜辭實際用法爲：

①女性

壬寅卜殻貞，婦好娩嘉……巳娩，隹女 H.10964

婦好娩不其嘉，三旬之一日甲寅娩，隹女 H.14002

……亥卜女娩 H.13994

……女娩 H.13992

庚卜女至 HD.208

乎取奠女子 H.536

②特指女性人牲

又及妣己一女妣庚一女 H.32176

小牢之及女一于母丙 H.728

③婦名

庚戌帚女示……H.6270

庚寅帚女示三屯 H.40681

④地名。

己巳貞商于女奠 Tun.1059

⑤同「母」

之于王亥女。H.672 正

壬戌……之女癸盧犬 H.20576

癸亥卜，之女庚盧豕 H.20576

《說文》：「女，婦人也。象形。土育說。」

9. 弋〔註8〕，殷商字形如下：

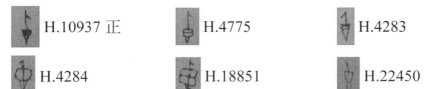

H.10937 正　　H.4775　　H.4283

H.4284　　H.18851　　H.22450

其甲骨卜辭實際用法爲：

①讀爲替代之代

令杙凡于豕……H.18721 過於模糊，無法剪切字形

辛巳卜貞，令戌杙旆甫……H.4415

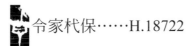令家杙保……H.18722

《說文》：「弋，橜也。象折木衺銳著形。从丿，象物挂之也」

10. 柲，殷商字形如下：

H.10405 正　　II.10406 正

其甲骨卜辭實際用法爲：

①相當于「厥」，指示代詞。

　　王賓中丁柲陞在窗H.10405 正

《說文》：「柲，木本。从氏。大於末。讀若厥。」

11. 匚，殷商字形如下：

H.19852　　H.190 正　　H.34325

H.19814　　H.22421 反　　H.32349

〔註8〕裘錫圭：《釋「柲」》（附：《釋「弋」》，《裘錫圭自選集》，大象出版社 1999 版，第 27 頁。

其甲骨卜辭實際用法爲：

①讀報，祭名。

　　貞之匚于大甲 H.1432（過於模糊，無法剪切字形）

……匚三牢……一月 H.15212

②先公名

……上甲匚乙匚丙匚丁示……H.32349

匚丁三 H.32384

《說文》：「匚 ，衺徯，有所俠藏也。从乚，上有一覆之。凡匚之屬皆从匚。讀與傒同。」

12. 曲，殷商字形如下：

　　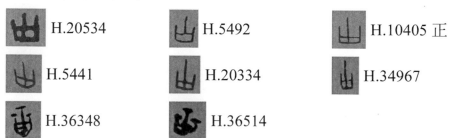H.22197

辭殘，其義不詳。

《說文》：「曲 ，象器曲受物之形。或說曲，蠶薄也。凡曲之屬皆从曲。 古文曲。」

13. 甾，殷商字形如下：

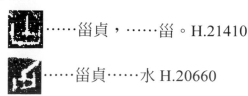

H.20534	H.5492	H.10405 正
H.5441	H.20334	H.34967
H.36348	H.36514	

其甲骨卜辭實際用法爲：

①人名

……甾貞，……甾。H.21410

……甾貞……水 H.20660

 貞勿令甾 H.5503

《說文》：「甾 ，東楚名缶曰甾。象形。凡甾之屬皆从甾。　　古文。」

14. 弓，殷商字形如下：

其甲骨卜辭實際用法為：

①武器弓（字形似引，但在花東辭例中似乎是弓）

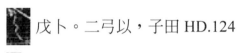 戊卜。二弓以，子田 HD.124

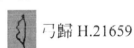 乙木卜：子其人三弓。HD.288

②人名

弓歸 H.21659

《說文》：「弓 ，以近窮遠。象形。古者揮作弓。《周禮》六弓：王弓、弧弓以射甲革甚質；夾弓、庾弓以射干矦鳥獸；唐弓、大弓以授學射者。凡弓之屬皆从弓。」

15. 乍，殷商字形如下：

其甲骨卜辭實際用法為：

①製作興建

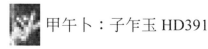 甲午卜：子乍玉 HD391

令庚其乍豊 HD.501

貞，乍大邑。H.13513

②從事（農事）

令尹乍大田 H.9472

③組建

丁酉貞，王乍三𦥑右㞢左 H.33006

④作爲，充當

……乍宗 H.34043

才茲乍宗若。H.34139

⑤發生、發作

乍疫　小屯　附 3.3

其乍蚩 H.34101

⑥讀爲「則」

我其祀賓乍帝降若。H.6497（該版上有兩條同樣的卜辭，選取左側一條）

⑦人名

貞，乍告疾于且辛正。H.13852

《說文》：「乍 ⌐ ，止也，一曰亡也。从亡从一。」說文不可據，其構形本義不明。孫詒讓釋爲乍，即作之古文。甲骨文中 1、2、3、4、5 義項似皆爲引申義，6、7 爲假借義。

十三卷

1. 糸，殷商字形如下：

 H.15121　　　　　　　 H.335 正

其甲骨卜辭實際用法為：

①方國名。

　　子禽其糸子（拓片不清或為工）十羌十牢 H.335 正

　　庚辰貞卣比糸……H.21306 乙

《說文》：「糸 ，細絲也。象束絲之形。凡糸之屬皆從糸。讀若覛。徐鍇曰：『一蠶所吐為忽，十忽為絲。糸，五忽也。』 古文糸。」

2. 轡，殷商字形如下：

 H.6939　　　　 H.8177　　　　 H.8176

 II.33145　　　 屯 2635　　　 H.22299

轡字初文。

其甲骨卜辭實際用法為：

①方國名

　　戲方、轡方 H.27990

　　啓轡方其乎伐 Tun.2613

②地名

 曰雀翌乙酉至于轡 H.6939

 曰……以……至轡 H.8176

 在轡旬 H.33145

《說文》：「轡 ，馬轡也。从絲从軎。與連同意。《詩》曰：『六轡如

絲。』」

3. 蟲，殷商字形如下：

 H.20332　　　 H.3262　　　 H.17051

 H.21972　　　 H.22296

其甲骨卜辭實際用法爲：

①用同害（未收甲骨辭例）

 乙卯卜。于目蟲 H.20332

 ……丙蟲小子 H.3262

 ……貞……它……九月 H.17051

《說文》：「蟲 ，有足謂之蟲，無足謂之豸。从三虫。」

4. 虹，殷商字形如下：

 H.10405 反　　　 H.10406 反　　　 H.13442 正

 H.13444

其甲骨卜辭實際用法爲：

①霓虹

 亦之出虹自北歙于河。H.10405 反

 虹隹年。虹不隹年 H.13443

《說文》：「虹 ，螮蝀也。狀似蟲。从虫工聲。《明堂月令》曰：『虹始見。』 籀文虹从申。申，電也。」

5. 蚰，殷商字形如下：

 H.20464　　　 H.3521　　　 H.1735 乙

 英 1957　　　 H.34086　　　 H.28266

其甲骨卜辭實際用法爲：

①尋求、徵求、乞求。

卜，其莱年于示蚨又大雨，大吉 H.28266

②假借爲災禍或有災禍。

H.20464

……戊蚨王 H.3521

貞且辛弗蚨王 H.1735

貞弗蚨王叀巫 UK.1957

6. 它，殷商字形如下：

H.14354　　H.14353　　II.10063

H.32034　　懷898

其甲骨卜辭實際用法爲：

①同「害」，災害。

亡它。H.21825

戊寅子卜亡它，戊寅子卜又害 H.21825

②人名

……貞。令它……H.10061

③地名

甲戌貞。令霝以在它 H.32509

乎省于它 H.23780

④似可讀爲「二」〔註9〕

　　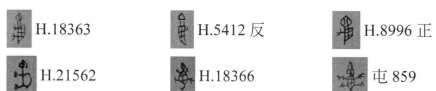貞元示五牛它示三牛 H.14354

　　……且丁一牛它羊，二告 H.672

《說文》：「它　，虫也。从虫而長，象冤曲垂尾形。上古艸居患它，故相問無它乎。臣鉉等曰：今俗作食遮切。　　它或从虫。」

7. 龜〔註10〕，殷商字形如下：

　　　H.18363　　　　　H.5412 反　　　　　H.8996 正

　　　H.21562　　　　　H.18366　　　　　屯 859

其甲骨卜辭實際用法爲：

①烏龜。

　　　隹來犬以龜二 H.21562

　　　叀龜至王受佑。H.30885

　　　……允至以龜……龜五百十 H.8996

《說文》：「龜　，舊也。外骨內肉者也。从它，龜頭與它頭同。天地之性，廣肩無雄；龜鼈之類，以它爲雄。象足甲尾之形。　　古文龜。」

8. 黿，殷商字形如下：

〔註9〕趙誠在《甲骨文簡明詞典》中以數條卜辭爲證認爲「它示」爲「二示」但爲明言它可讀爲「二」。我們發現卜辭中還有「……且丁一牛它羊，二告（合 672）」，此處「它」似可讀爲「二」。

〔註10〕《新甲骨文編》將此如　合 33425　合 18361 等列在龜字頭下似可商，該形字用法較爲單一，在辭例中如似僅作人名如：「　祝 HD.291：貞叀　至 H.30885：貞　至叀祝 H.30632：　至 H.22513：……叀　H.27428：　祝 H.18361：叀　祝 H.32418。」而未見有當作龜本義的用法，因此我們不將該類字形列入龜字頭之下。

H.5823　　 H.17744　　 H.17759 正

 H.17792　　 懷 475

其殷商用法不詳用法不詳。

……比不黽 Tun.2659

貞其用竹黽羌叀酉 H.451

……隹其勾二旬……夕死黽 H.17056

《說文》：「黽 ，鼃黽也。从它象聲。 黽或从虫。」

9. 凡，殷商字形如下：

 個 22274　　 H.13831　　 H.23395

 H.28122　　 H.22124

其甲骨卜辭實際用法為：

①盤器。

……其鑄黃呂……乍凡利叀……H.29687

②地名：

……歲其至凡 H.23395

弜至凡田其 H.29383

令監凡。H.27742

③人名，婦名。

凡又疾。H.13904

爵凡貞 HD.349

④祭名：

其凡于且丁 H.27281

先酚子凡父乙三牢。H.3216.2

……凡父乙五……H.32730

……凡父乙 H.914 反

《說文》：「凡 ，最括也。從二，二，偶也。從乃，乃，古文及。」

10. 土，殷商字形如下：

H.20627　　　H.34031　　　H.34189

H.14395 正　　H.14399 正　　H.20520

H.36975　　　H.8491　　　H.6407

H.6413　　　H.6449

其甲骨卜辭實際用法爲：

①社土

其又歲于亳土三小牢 H.28109

貞寮于土。H.456 正

貞寮于土三小牢卯一牛沈十牛 H.780

②邦土

東土受年 H.9735

貞西土不其受年。H.9741 正

北土不其受年 H.9737

③方國名

王貞土方。H.559 正

《說文》：「土 ，地之吐生物者也。二象地之下、地之中，物出形也。」

11. 墉，殷商字形如下：

 H.20570　　　 H.13514 正乙　　　 H.6

 H.29795　　　 10745

郭（墉、章）之初文。

其甲骨卜辭實際用法爲：

①城郭。

 乍郭其 H.13514

②于兮連用組成時間詞。

 中日至郭兮不雨 Tun.624

③人名

 令郭以之族尹……H.5622

 癸酉卜貞。郭其之疾 H.13731

《說文》：「墉  ，城垣也。从土庸聲。  古文墉。」

12. 圭，殷商字形如下：

 H.18546　　　 H.15147　　　 H.11006

 H.33085

其甲骨卜辭實際用法爲：

①與祭祀有關的禮器

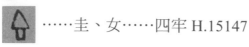叀小白圭……HD.359

……圭、女……四牢 H.15147

②同「吉」

㱿貞，尞王亥，圭 H.11006

《說文》：「圭 **圭**，瑞玉也。上圜下方。公執桓圭，九寸；矦執信圭，伯執躬圭，皆七寸；子執穀璧，男執蒲璧，皆五寸。以封諸矦。从重土。楚爵有執圭。**珪**古文圭从玉。」

13. 鑿，殷商字形如下：

HD.37

①于「往」連用，以辭例推之似爲地名，具體意義不詳。

往HD.37

14. 力，殷商字形如下：

H.19801　　H.21304　　H.22322

H.22370

其甲骨卜辭實際用法爲：

①有嘉義

帚不力 H.22226

戊午卜帚石力。H.22099

《說文》：「力 **屶**，筋也。象人筋之形。治功曰力，能圉大災。」

十四卷

1. 且（祖），殷商字形如下：

其甲骨卜辭實際用法爲：

①祖

祝且丁且乙 H.27295

乙己，歲且乙白巀一 HD.29

叀牝又圖且甲 HD.37

甲辰，歲且甲羊 HD.296

《說文》：「且　，薦也。从几，足有二橫，一其下地也。」

2. 斤，殷商字形如下：

 H.3311

拓片不清意義不清用法不明。

《說文》：「斤　，斫木也。象形。」

3. 斗，殷商字形如下：

其甲骨卜辭實際用法爲：

①北斗星

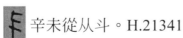辛未從从斗。H.21341

辛从斗 H.21353

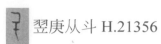 翌庚从斗 H.21356

 翌丁从斗 H.21348

 辛从斗 H.21350

 甲从升 H.21355

《說文》：「斗 ，十升也。象形，有柄。」

4. 斝，殷商字形如下：

 H.18579　　　　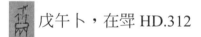 H.18580　　　　　HD.312

　HD.480　　　　　　　集 10495

其實際用法

①似地名〔註11〕

　來狩自斝 HD.480

　戊午卜，在斝 HD.312

　……斝……凡……H.18579

　……斝……H.18580

　甲戌……亡斝……H.21504

《說文》：「斝 ，玉爵也。夏曰琖，殷曰斝，周曰爵。从吅从斗，冂象形。與爵同意。或說斝受六斗。」

5. 車，殷商字形如下：

　H.10442　　　　　　H.13624 正　　　　　H.584 正甲

〔註11〕《合集》中「斝」之辭例大多殘損其具體用法不明，在花東卜辭中釋爲「斝」的
　　　　字形于《合集》中字形略有差別，其辭例用法似可釋爲「地名」。

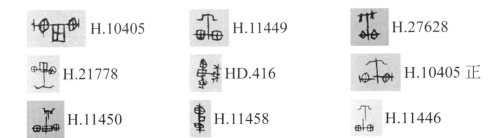

其甲骨卜辭實際用法爲：

①車

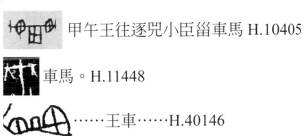

②人名

③地名

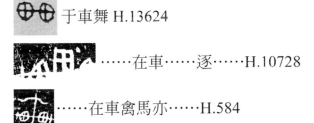

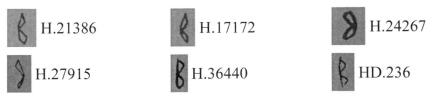

6. 自，殷商字形如下：

其甲骨卜辭實際用法爲：

①軍隊

……邑今夕弗

王臬H.36443

②職官名

乎臬般往于髟。（懷956）

③貞人名

乙酉卜。臬貞。用牛今日 White.1489

丁卯卜。臬貞。方其征今日不 H.20420

乙巳卜。臬貞。王弗其 H.20608

④地名

王在十一月在臬奠 H.24259

王在臬允卜 H.24253

王田臬東。H.37410

7. 阜，殷商字形如下：

H.20600　　H.20253　　H.10405

H.2239　　　H.22391

其甲骨卜辭實際用法爲：

①人名

貞阜亡疾 H.2239

貞阜二月 H.22391

②地名

 于阜西盦工弗……H.30284

《說文》：「自 ，小阜也。象形。」

8. 亞，殷商字形如下：

 H.5681　　　 H.13426　　　 H.30295

 H.27931　　　 H.22137

其甲骨卜辭實際用法爲：

①次。

 隹亞且乙……H.1663

②方族名

 告人于亞雀。H.22092

③地名

 ……不子丁在亞辛 H.21912

《說文》：「亞 ，醜也。象人局背之形。賈侍中說：以爲次弟也。」

9. 禽，殷商字形如下：

 H.10514　　　 H.10514　　　H.79

 H.33373　　　 H.37528　　　H.22324

禽（擒）字初文。其甲骨卜辭實際用法爲：

①擒獲。

 ……征禽隻六十八 H.10514

弗擒 Tun.664

《說文》:「禽 ，走獸總名。从厹，象形，今聲。禽、离、兕頭相似。」

10. 萬，殷商字形如下：

 H.21239　　　 H.9812　　　H.7938

 H.8715　　　 英 150 正萬　　　6070

 6680

其甲骨卜辭實際用法爲：

①數詞

 隻魚三萬 H.10471

②人名

 萬受年 H.9812

③地名

 王其遂才萬 H.10951

《說文》:「萬 ，蟲也。从厹，象形。」

11. 乙，殷商字形如下：

 H.19851　　　H.799　　　H.7803

 H.25093　　　H.28195　　　H.21796

其甲骨卜辭實際用法爲：

天干第二位

 乙酉卜。H.7284

《說文》:「乙 ，象春艸木冤曲而出，陰气尚彊，其出乙乙也。與丨同意。乙承甲，象人頸。」

12. 丙，殷商字形如下：

 H.19777　　 H.3096　　 H.23399

 H.30995　　 H.21960

其甲骨卜辭實際用法爲

①天干第三位

 丙寅卜 H.11274 正

②讀爲「兩」

 馬五十丙 H.11459

③先公先妣名

 二示父丙父戊 H.22098

《說文》：「丙 丙 ，位南方，萬物成，炳然。陰气初起，陽气將虧。从一入冂。一者，陽也。丙承乙，象人肩。徐鍇曰：『陽功成，入於冂。冂，門也，天地陰陽之門也。』」

13. 丁，殷商字形如下：

 H.21028　　 H.19812 正　　 H.339

 H.34102　　 H.35980

其甲骨卜辭實際用法爲：

①天干第四位

 丁丑卜 H.6

②先公先妣名

 父丁 H.22942

《說文》：「丁 个 ，夏時萬物皆丁實。象形。丁承丙，象人心。」

14. 庚，殷商字形如下：

| 丙 合 20731 | 丙 合 21863 | 丙 合 16197 |
| 丙 合 27456 正 | 6722 | 丙 11759 |

其甲骨卜辭實際用法爲：

①天干第七位：（庚在華東卜辭中偶見上部封口或作 [圖] 者，但未見規律可循）

丙 庚戌。歲妣庚祝一 HD.178

丙 庚戌卜 HD.132

丙 庚戌酒牝一 HD.457

丙 庚辰 HD.451

翌庚寅出于大庚 H.11497）

②方國名。

丙 方羌方羞方庚方 H.36528 反 H.36528 反）

③先公先妣名：

佣 辛亥歲妣庚 HD.132

佣 妣庚 HD.124

丙 妣庚一羲 HD.523

④地名

丙 在庚酒 H.5056 正

丙 卜，在庚林 H.36965

《說文》：「庚 丙 ，位西方，象秋時萬物庚庚有實也。庚承己，象人齎。」

其本義一說與稻米有關（羅振玉），一說象貨郎鼓（李孝定）。姚孝遂認爲象

貨郎鼓之形不可據，當從郭沫若說爲鉦鐃。甲骨文未見用庚之本義，僅用其假借義。

15. 辛，殷商字形如下：

合 22724　　　合 6947 正　　　合 33318

合補 10295　　合 26265　　花東 395

其甲骨卜辭實際用法爲：

①天干第八位：

　辛未卜 H.20191）

②似貞人名

　辛貞…今歲 H.28238

《說文》：「辛　　，秋時萬物成而孰：金剛，味辛，辛痛即泣出。从一从辛。辛，辠也。辛承庚，象人股。」

16. 壬，殷商字形如下：

西周

2 號卜甲

其甲骨卜辭實際用法爲：

天干第九位

壬卜 HD.257

壬其雨 Tun.2963

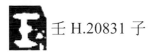壬 H.20831 子

《說文》:「壬 ，位北方也。陰極陽生，故《易》曰:「龍戰于野。」戰者，接也。象人褢妊之形。承亥壬以子，生之敘也。與巫同意。壬承辛，象人脛。脛，任體也。」

17. 癸，殷商字形如下

 合 20583　　合 20794　　合 7350 正

合 10405 正　　花東 37　　花東 53

其甲骨卜辭實際用法爲：

①天干第十位：

癸巳卜 H.36314

癸酉 H.313

癸丑 H.11741

癸 HD.289

癸丑 HD.241

②先公先妣名：

父癸 H.19947

《說文》:「癸 ，冬時，水土平，可揆度也。象水從四方流入地中之形。癸承壬，象人足。 籀文从癶从矢。」

18. 卯，殷商字形如下：

合 19798　　合 1027 正　　合 378 正

合 26955　　花東 480　　花東 294

其甲骨卜辭實際用法爲：

①用牲法

 卯牛于翌日 HD.446

 卯三牛妣庚 HD.286

 十犬又五犬卯牛一 H.32775

 卯羊 H.2348】

②地支第四

 辛卯卜 H.34061

 己卯 H.16228

 卯 HD.146

《說文》：「卯 ，冒也。二月，萬物冒地而出。象開門之形。故二月爲天門。 古文卯。」

19. 辰，殷商字形如下：

 合 20896　　　 合 21145　　　 合 19863

 屯 3599　　　 合 28196　　　 花東 490

其甲骨卜辭實際用法爲

①地支第五（在華東卜辭中用作地支的辰字基本都加一橫，不似一般的飾筆，似爲指事符號）

 戊辰 H.16966 反

 甲辰夕 HD.150

 庚辰 HD.451

 戊辰卜 HD.318

 庚辰卜 HD.391

 壬辰卜 HD.369

②日子

 貞哉吉辰 H.25747

《說文》：「辰 ，震也。三月，陽气動，靁電振，民農時也。物皆生，從乙、七，象芒達；厂，聲也。辰，房星，天時也。從二，二，古文上字。 古文辰。」

20. 巳，殷商字形如下：

 合 21288　　　　合 5874　　　　合 32779

合 7002　　　　合 26899

其甲骨卜辭實際用法爲：

①地支第六

 癸巳 HD.93

 己巳卜 HD.103

 癸巳 H.17334

 乙巳 H.17782 反

己 巳 H.32319

 翌乙巳 H.13310

②祭名：（傳統上認爲該字形爲巳，但用於祭祀地名的 明顯不同於用於地支的巳，疑爲另一字）

 我其巳賓乍帝降若 H.6498

我其巳賓乍帝降若 H.6497

……母巳於 H.7002

③似地名：

在巳奠河邑永貞 H.41754

《說文》：「巳 𠤎 ，巳也。四月，陽气巳出，陰气巳藏，萬物見，成文章，故巳爲蛇，象形。」

21. 午，殷商字形如下：

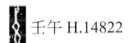合 19882　　合 32775　　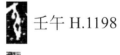合 7323

合 23029

其甲骨卜辭實際用法爲：

地支第七：

壬午 H.14822

午 H.18882

壬午 H.1198

庚午卜 HD.293

《說文》：「午 ，牾也。五月，陰气午逆陽。冒地而出。此予矢同意。」

22. 酉，殷商字形如下：

合 20884　　合 13890　　合 34417

合 31878　　5413　　7590

其甲骨卜辭實際用法爲：

①地支第十

癸酉貞 H.32022

 己酉貞 H.13580

 丁酉卜 H.13890

 乙酉 H.38031

 辛酉 HD.521

 申酉 HD.372

《說文》：「酉 ，就也。八月黍成，可爲酎酒。象古文酉之形。 　古文酉。从卯，卯爲春門，萬物已出。酉爲秋門，萬物已入。一，閉門象也。」

23. 亥，殷商字形如下：

其甲骨卜辭實際用法爲：

①地支第十二

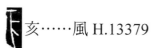 亥……風 H.13379

 癸亥 H.37898

 乙亥暘日 H.13271

 己亥卜 H.3871 前

 乙亥 H.23867

 翌乙亥酒 H.13307

 乙亥用 H.34402

 乙亥 H.4774

 乙亥卜 HD.5

 乙亥卜 HD.507

 癸亥 HD.289

②殷先王名

 于王亥 H.14745

五十牛于王亥 H.14725

于王亥九牛 H.14737

己巳于王亥 H.14756

王亥 H.14758 前

隹王亥 H.32064

王亥 H.7537

《說文》：「亥 ，荄也。十月，微陽起，接盛陰。从二，二，古文上字。一人男，一人女也。从乙，象裹子咳咳之形。《春秋傳》曰：『亥有二首六身。』 古文亥爲豕，與豕同。亥而生子，復從一起。」

24. 甲，殷商字形如下：

 合 19875 　　 合 1079 　　 合 33291

 合 27526 　　 合 22065 　　 9318

其甲骨卜辭實際用法爲：

①天干第一

甲寅 H.4594

 甲申 H.9456 前

②殷先王名

 上甲 H.1235

 告于上甲 H.6133

 至于且甲 H.32654

 且甲一牛 H.1775.2

《說文》：「甲 中 ，東方之孟，陽气萌動，从木戴孚甲之象。一曰人頭宜爲甲，甲象人頭。 帝 古文甲，始於十、見於千、成於木之象。」

25. 已，殷商字形如下：

 合 9627　　 合 1488　　 合 32228

 合 22484　　 集 11791

其殷商實際用法爲：

①天干第二

 己亥其 H.33748

 己卯 H.32228

 乙 H.30874

 乙亥 HD.67

②祖先名：

 貞御妣己 H.2417

 歲于妣己 H.2419

妣己白羆 H.2370

 歲妣己牝 HD.236

《說文》：「己 ，中宮也。象萬物辟藏詘形也。己承戊，象人腹。 古文己。」

第二章　特徵突出

一・卷

1. 元，殷商字形如下（元體現了象形向指事過渡的特徵，與天相比皆為側面描摹）：

　　　合 19790　　　　　　合 14822　　　　　　合 13837

　　　合 27894　　　　　集成 5278

其甲骨卜辭實際用法為（花東未見元）：

①初、始

　　　元示三 H.14825

　　　貞元示三牛二示三牛 H.14822

　　　以　元臣 H.5856

②人名，侯伯名

　　　丁酉卜……貞，元執 H.570　　集成 5278

叀元卜用在二月 H.23390

丙寅卜，令給从元 H.4489

元曰……H.18747

王其奠元罘……Tun.1092

③地名

己未王卜在貞田元往……H.41768

《說文》：「元 ，始也。从一从兀。」徐鍇曰：「元者，善之長也，故从一。」

2. 天，殷商字形如下：

 合 20975　　　屯 643　　　合 22093

合 22453　　　合 22431 天　　　2912

6545　　　0991

其甲骨卜辭實際用法為：

①頭

 弗疾朕天 H.20975

 朕天 H.17985

②大（天邑商中的天上部皆為 形，未見作一橫者）

 天邑 H.36544

 辛卯卜貞……天邑 H.36541

 天邑商 H.36535

 乙巳歲于天庚 H.22094

乙巳于天癸 H.22094

 貞大甲示 Tun.643

③似天地之天〔註1〕 叀御 一牛于天 Tun.2241

 御於天 H.22431

 叀 于天 H.22454

 元示三 H.14825

 元示 H.14824

《說文》：「天 ，顛也。至高無上，从一、大。」

3. 每，殷商字形如下：

 合 18428　　　 合 33369　　　 合 33514

 合 22457　　　 集成 6427

其甲骨卜辭實際用法爲：

①讀「晦」

  每雨 Tun.8

 馬其每雨 H.27958

 其每雨 H.28749

 今日辛王其田弗每 H.28563

 王其入商叀乙丑王弗每 H.27767

〔註1〕因辭例多爲殘辭不能作爲判斷依據，如若補全則多讀爲「大」，但 Tun.2241 似爲完
整辭例。

②讀「悔」

 王弗每 Tun.1008

 王弗每 H.26906

《說文》:「每 ，艸盛上出也。从屮、母聲。」

4. 若，殷商字形如下：

 合 21128　　 合 20344　　 合 818

 合 34139　　合 28858　　花東 494

 合 5450　　　6409

其甲骨卜辭實際用法爲：

①順、順利

 帝降若 H.6497

 帝降不若 H.6497

②使——順利

 祝于之若 H.27553

 乙丑酒于之若 Tun.2652

③表示肯定

 其酒妣庚，若 HD.236

 丁卯卜子其入學，若，永用 HD.450

 子其以殼妾于帝好，若 HD.265

《說文》：「若 ，擇菜也。从艸、右。右，手也。一曰杜若，香艸。」

二　卷

1. 走，殷商字形如下：

其甲骨卜辭實際用法為：
①可訓為跑

 父走 H.2326

 走 H.17994

 貞王 走 至于 H.17230

 貞其令 亞走 H.27939

《說文》：「走 ，趨也。从夭、止。夭止者，屈也。徐鍇曰：『走則足屈，故从夭。』」

三　卷

1. 姜，殷商字形如下：

合 19892　　合 629　　合 14036

合 32165　　花東 490

其甲骨卜辭實際用法為：
①用作祭祀的女子

小姜卅 H.629

庚示姜 H.39538

②較高等級的配偶〔註2〕

州妾 H.659

貞唐弗爵竹妾 H.2863

《說文》：「妾　，有辠女子，給事之得接於君者。从辛从女。《春秋》云：『女爲人妾。』妾，不娉也。」

2. 屰，殷商字形如下：

合 20472　　　 合 33230　　　 屯 4138

合 27075　　　 合 10961　　　 合 12450

合 12450　　　 合 21626　　　 合 21627

其甲骨卜辭實際用法爲：

①似祭名

屰于且辛 H.12450

屰米帝禦 H.33230

己卜家其又魚其屰丁，永 HD.236

何于丁屰 HD.320

子其屰　于帝 HD.492

《說文》：「屰　，不順也。从干下屮。屰之也。」另「逆　，迎也。从辵屰聲。關東曰逆，關西曰迎。」

3. 童，殷商字形如下：

合 30178　　　 合屯 650　　　 英 1886

〔註2〕爵是一種祭祀儀式如：貞爵示 H.6589 婦爵多子 H.22323 爵且乙 HD.449 因此貞唐弗爵竹妾 H.2863 中的妾應該是較高等級的配偶。

其甲骨卜辭實際用法為：

①地名

 坤田于童屯 650

其奇雨。于秋童利合 30178

《說文》：「童 ，男有辠曰奴，奴曰童，女曰妾。从辛，重省聲。 籀文童，中與竊中同从廿。廿，以為古文疾字。」

4. 異，殷商字形如下：

合 17992　　　 合 1096　　　 英 315

合 28400　　　 合 30152　　　 合 31903

合 31904

其甲骨卜辭實際用法為：

①會（表可能）

 父乙異隹敗王 H.2274

 父乙不異敗王 H.2274

②將要

翌日戊王異其田 Tun.256

不其雨帝異……H.11921

弜異酒叀餗叀吒 Tun.610

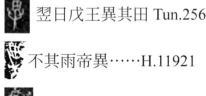 罔異酒 H.27349

《說文》：「異 ，分也。从廾从畀。畀，予也。徐鍇曰：『將欲與物，先分異之也。』《禮》曰『：賜君子小人不同日。』」

5. 丮，殷商字形如下：

丮 合 21188　　丮 合 734 正　　丮 合 20231

丮 合 33413　　丮 6573　　丮 9112

其甲骨卜辭實際用法為：

①持握

　丮 貞幸丮生 H.13924

　丮 弜丮 H.33413）H.13924

②人名

　丮 王弜令丮戠于若 H.21188

　丮 丮不妫合 14001 正

③似近於抓獲之意

　丮 貞丮不囚王咕曰吉 H.17085

　丮 貞丮不囚 H.17084

　丮 貞丮其囚 H.17084

　丮 貞丮其囚二告 H.734

《說文》：「丮 丮 ，持也。象手有所丮據也。讀若戟」

6. 臣，殷商字形如下：

臣 合 20354　　臣 合 21386　　臣 合 5581

臣 合 117　　臣 合 217　　臣 合 614

臣 合 630　　臣 合 5578　　臣 合 32978

 合 33249　　 合 30298　　 合 27896

 合 27604　　 合 22374　　 合 22042

10665　　　10667

其甲骨卜辭實際用法爲：

①奴隸奴僕

 王又歲于帝五臣正隹亡雨 H.30591

②王的近臣

 王臣咕日 H.11506

 王臣令 HD.517

 多臣御于姒庚 HD.488

 其令小臣 H.27883

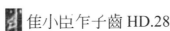 隹小臣乍子齒 HD.28

③王的較高等級配偶〔註3〕

 貞小臣娩嘉 Tun.app.22

 小臣娩嘉 H.14037

 小臣…娩嘉 H.14038

④獻祭人牲〔註4〕

─────────────

〔註3〕卜辭中以娩嘉辭例出現的辭例中，有婦好等商王高等級的配偶，而並未見低等級的
　　　女子，如：婦好娩嘉 H.14003，帚果娩嘉 H.14018，帚妌娩嘉 H.14009。以下三條辭
　　　例都是用來占卜小臣的生育情況，可見此處的「小臣」也是擁有一定地位的配偶，
　　　而不是低等級奴僕。

癸酉卜貞多妣獻小臣卅小母于婦 H.630

兕……小臣……人又……旬受禾 H.33249

《說文》:「臣 ，牽也。事君也。象屈服之形。

7. 爽，殷商字形如下:

屯 1007　　　合 21417　　　合 409

合 27503　　　合 36183　　　合 36234

合 36292　　　英 1937

其甲骨卜辭實際用法爲:

①祭名〔註5〕

〔註4〕卜辭中有關小臣的辭例凡八十余條，一般來説甲骨中合文的寫法較爲固定，故絕大
多數的臣作樹立型如 狀，但是有兩條辭例中的小臣未循常例而作橫作 狀，
這兩條辭例分別是: 癸酉卜貞多妣獻小臣卅小母于婦 H.630 和 兕……小
臣……人又……旬受禾 H.33249。從辭例中我們可以看出第一條辭例顯然與祭祀有
關，而獻的對象也一般爲祭品，如:帝獻三牛 H.974，貞乎獻羊于西土由 H.8777，
因此小臣當爲獻祭人牲。而第二條辭例有所殘損，但是我們通過辭例中「受禾」這
一線索可以推測出該條辭例亦與祭祀祈求豐收有關，如:黍于河受禾 H.33270，而
加在受禾之前的往往是祭祀所用物品，如:一羊受禾 H.28233，由是可知這兩條辭
例中的小臣當皆爲祭祀用品。在眾多辭例中唯獨這兩條辭例中的小臣恰作橫狀，因
此我們認爲臣在小臣辭例中的橫豎位置的不同有區別詞義的作用，常見豎直之臣或
爲商王的近臣或爲其配偶地位較高，而作橫狀指臣則地位低常作爲獻祭人牲。當然
如果單從目與臣的區分角度來説（一般目爲橫作）也可以認爲這裡的小臣爲小目，
但是我們遍查辭例未見再見小目連稱者，故我們認爲這裡仍應稱爲小臣，同時這裡
我們也可以看出小臣所指並不明確，既可指商王的近臣，亦可指王的配偶，還可以
當做低級奴隸用於祭祀。由此我們也可以看出，甲骨文中字義的區別方法除去字形
的差別外，字形的位置角度的變化亦有可能影響字義的表達。

〔註5〕《新甲骨文編》將 與 字形均歸入「爽」字頭下。

在卜辭中較爲常見，絕大多數與先祖王妣連用，似爲某種專門的

妣戊武乙爽 J.4144

 爽叀戚三牛 Tun.783

 ……風于伊爽 Tun.1007

 ……伊爽犬……Tun.1007

 ……又爽歲……H.34322

 爽二羊 H.33654

 父庚爽酓于宗 H.30303

 一牛爽 H.34106

二牢爽羊 Bu.10669

《說文》：「爽 　，明也。從㸚从大。徐鍇曰：『大，其中隙縫光也。』
篆文爽。」

四　卷

1. 老，殷商字形如下：

　　老 合 16040　　　　　老 合 10881　　　　　老 合 17136

　　老 合 17179

祭祀儀式。但 　 與上述字形不同，下文我們羅列了幾乎所有的該形字的辭例，
我們發同條甚至同版辭例中均未發現與先祖王妣連用的情況，這與其它四個字形頻
繁與先祖王妣連用的情況發生了較大矛盾，因此它們當是兩個不同詞義的字形，而
並非異體關係，因此我們認爲 　 不應列入爽字字頭之下，其詞義未詳當爲某種
祭祀儀式，而 　 　 　 　 宜當單列可隸定爲爽或㸚，其詞義爲專門祭祀
先祖王妣的一種儀式。

其甲骨卜辭實際用法爲：

①似職官名

 乎多老舞 H.16013

 王（咕）曰，隹老隹人 H.17055 正

②似地名

 癸丑卜，帚妗在老 H.22246

③貞人名

 辛亥老卜，家其匄又妾 HD.490

《說文》：「老 ，考也。七十曰老。从人、毛、匕。言須髮變白也。」）

2. 蔿，當為「茸」，殷商字形如下：

 合 20280　　 合 15428　　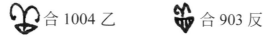 合 2934

 合 1004 乙　　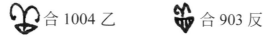 合 903 反

其甲骨卜辭實際用法爲：

多與「勿」連用，以加強語氣。

 貞勿眣用五百 H.560

 貞來庚勿眣屮于妣庚 H.2457

 壬寅卜，勿眣酒子商御二牢 H.2943

 貞勿眣先酒于父乙……H.712

 貞勿眣于母丙屮〔侑〕小牢 H.2524

 貞勿眣于南庚 H.965

 勿眣告于上甲三月 H.1169

王勿眜日 H.18281

 王勿眜日父乙 H.1778 正

《說文》：「苜，目不正也，從屮從目，讀若末。」

3. 雈，殷商字形如下：

 合 9500　　　　　　　　合 9610　　　　　　　　合 9598

　　合 32892　　　　　　　　合 21538 乙

其甲骨卜辭實際用法爲：

①祭名，疑爲灌祭。

　　延雈歲 H.34441

　　酒溝…雈歲 H.34529

②地名

　　貞其並禦自雈 H.32892）

　　壬巳□卜，雈不受佑 H.3840 甲）

③讀「觀」觀看

　　王其雈（觀）耤 H.9500

　　己亥卜……雈（觀）耤……H.5603

　　貞王其先雈（觀）H.5158

《說文》：「雈　　，鴟屬。从隹从屮，有毛角。所鳴，其民有旤。讀若和。」

4. 莧，殷商字形如下：

　　合 10568　　　　　　　　合 20870　　　　　　　　合 10777

　　合 33148

其甲骨卜辭實際用法爲：

①似祭牲

 甲辰，歲且甲莧一 HD.338

 甲辰，歲莧且甲 HD.338

 甲辰卜，歲莧友且甲螽 HD.179

②地名

 王步于莧 H.33148

 其从莧北 H.36758

《說文》未收，則爲後世薈、夢諸字所從。

5. 美，殷商字形如下：

合 27352   合 30695   合 31023

合 36971   合 22044

其甲骨卜辭實際用法爲：

①樂器名（不詳）

 叀小乙乍美庸用 H.27352

 其奏庸。 美又正 H.31023

 翌庚子美其見 H.3103

 用美于祖丁 H.36481 正）

②人名（作人名的美齊字形與用爲樂器的美略有不同）

 子美見以歲于丁 H.3100

 來丁亥子美見以歲于示于丁 H.3101

《說文》：「美 ，甘也。从羊从大。羊在六畜主給膳也。美與善同意。」

6. 羌，殷商字形如下：

合 19764　　合 163　　合 321

合 22573　　合 32020　　合 32014

合 32016　　合 36528 反

其甲骨卜辭實際用法爲：

①特指羌方人牲

用羌卅十 H.32056

②方國名

伐羌方 Tun.3038

貞射伐羌 H.6618 正

告其令入羌 Tun.2585

　其乎戍御羌方于 H.27972

③職官名

乎小多馬羌臣 H.5717 正

多馬羌臣 H.5718

④商先祖名

貞于羌甲告 H.1800.

《說文》：「羌 ，西戎牧羊人也。从人从羊，羊亦聲。南方蠻閩从虫，北方狄从犬，東方貉从豸，西方羌从羊：此六種也。西南僰人、僬僥，从人；蓋在坤地，頗有順理之性。唯東夷从大。大，人也。夷俗仁，仁者壽，有君

子不死之國。孔子曰：『道不行，欲之九夷，乘桴浮於海。』有以也。 ⚹ 古文羌如此。」

五 卷

1. 壴，殷商字形如下：

<table>
<tr><td>合 19407</td><td>合 9260</td><td>合 4843</td></tr>
<tr><td>合 34477</td><td>合 34475</td><td>合 22343</td></tr>
</table>

18589

鼓之初文。用同于「鼓」。其甲骨卜辭實際用法爲：

①似用爲「鼓」類樂器

 其 庸壴于既卯 H.30693

 庸壴其罗熹壴 H.31017

 壴入十 H.9254

 壴 HD.11

②地名

 在壴卜 H.24343

王步自壴 Tun.2100

③人名

 令壴帚 H.13943

 令壴比……H.4944

《說文》：「壴 ，陳樂立而上見也。从屮从豆。」

2. 虎，殷商字形如下：

　　　合 20706　　　合 20708　　　合 10196

　　　合 6553　　　合 14149 正　　　合 28300

　　　合 28301

其甲骨卜辭實際用法爲：

①老虎

　　　虎隻 H.20706 正

②人名

　　　令虎追方 H.20463 反

③方國名

　　　途虎方 H.6667

《說文》：「虎，山獸之君。从虍，虎足象人足。象形。　　古文虎。亦古文虎。」

3. 虍，殷商字形如下：

　　　合 10948 正　　　　　合 462 正

其甲骨卜辭實際用法爲：

地名

　　　七月在虍 H.462

　　　勿于虍 H.10948 正

《說文》：「虍，虎文也。象形。徐鍇曰：『象其文章屈曲也。』」

4. 虐，殷商字形如下：

[甲骨字] 合 18319　　　　[甲骨字] 屯 1100

辭例殘甲骨用法不明

5. 虎，殷商字形如下：

[甲骨字] 合 10977　　　　[甲骨字] 合 4593　　　　[甲骨字] 合 8409

其甲骨卜辭實際用法為：

①人名

[甲骨字] 在 虎隻……H.10977

[甲骨字] 虤比虎 H.4593

6. 央，殷商字形如下：

[甲骨字] 合 11430　　　　[甲骨字] 合 3006　　　　[甲骨字] 合 3010 反

[甲骨字] 合 3012 正　　　　[甲骨字] 合 3019　　　　[甲骨字] 合 3026

[甲骨字] 合 6051

其甲骨卜辭實際用法為：

①人名

[甲骨字] 子央御 H.3013

[甲骨字] 貞來乙巳酒子央 H.3015

[甲骨字] 王車子央亦墜

《說文》：「央 [篆文] ，中央也。从大在冂之內。大，人也。央旁同意。一曰久也。」

7. 嗇，殷商字形如下：

[甲骨字] 合 20648　　　　[甲骨字] 合 20648　　　　[甲骨字] 合補 6791

合 5790　　　　　　合 10434

在靣廩的基礎上描摹特徵以示分別，其甲骨卜辭實際用法爲：

①人名

…嗇隻兕 H.10433

王…乎嗇 H.4874

及嗇追从 H.21153.

《說文》：「嗇 　 ，愛瀒也。从來从靣。來者，靣而藏之。故田夫謂之嗇夫。

　 古文嗇从田。」

8. 夌，殷商字形如下：

合 1094 正　　　　　合 8243　　　　　合 18684

合 10048

其甲骨卜辭實際用法爲：

①似爲方族或人名

…其及夌 H.1095

…弗其以夌 H.1094 正

②地名

……在夌 H.8243

《說文》：「夌 　 ，越也。从夂从㔾。㔾，高也。一曰夌㣙也。」

9. 舞，殷商字形如下：

合 20979　　　　　合 12826　　　　　合 12832

合 12829　　　合 4141　　　合 5455

屯 197　　　合 27891　　　花東 391

舞之初文。其甲骨卜辭實際用法爲：

①某種儀式

丙卜。丁來見。子舞 HD.183

舞今日从 H.21473

舞商 HD.130

②祈雨之舞祭

舞楚享 H.32986

癸亥奏舞雨 H.33954

甲午奏舞雨 H.12819

于癸舞雨不 Tun.4513

癸亥卜，弜舞雨 Tun.3770

《說文》：「舞 ，樂也。用足相背，从舛；無聲。 古文舞从羽、亡。」

10. 射，殷商字形如下：

合 32998　　　合 24156 正　　　合 23787

合 27060　　　合 27902　　　合 28305

合 28308　　　合 28817　　　合 37396

合 37384　　　合 37395　　　合 36775

合 26956　　　屯 4066　　　花東 2

花東 7

其甲骨卜辭實際用法為：

①射箭

 令射。H.合 5779

 令射。H.合 5780

 弜射 HD.7

 …射又鹿弗每 Tun.495

②弓箭手〔註6〕

 登射百…H.5760 正

③射祭

 躬齐呂尧其用自二甲汛〔蠻〕至于…Tun.9

《說文》：「射，弓弩發於身而中於遠也。從矢，從身。篆文射從寸。寸，法度也，亦手也。」

六　卷

1. 夭，殷商字形如下：

合 20072 　　　　 合 53 正 　　　　 合 7018

〔註6〕甲骨文「新」當有新舊之以，如：「新庸美 H.29712、于新室奏 H.31022、今日王宅
　　　新室 H.13563」。甲骨中「以新射」有數例，此處的「新」亦是新舊之意，如：「令
　　　辰以新射于……H.32996、以新射于……H.32998」表示「送新的射」。在甲骨辭例
　　　中我們未發現「以新弓」或「以新矢」這樣的例。因此我們推測此處的「射」可能
　　　是將「弓和矢」兩個意義附著在一個字形中加以表達，這種做法類似于合文，但這
　　　種所謂的合文較難發現，其性質更有可能是原始圖畫文字的孑遺。

⼤ 合 5785　　　⼤ 合 19773　　　⼤ 合 21883

其甲骨卜辭實際用法爲：

①方族、侯伯名

 弜戋**壴**H.7017

②人名

乙酉令**壴**H.32907

貞乎子⼤以**壴**新射　H.5785

③地名

往**壴**H.7900

《說文》：「敖 ，游也。从出从放。」

2. 丰（封），殷商字形如下：

⼤ 合 5814　　　⼤ 合 20576 正　　　⼤ 合 32287

⼤ 合 36528 反　　　⼤ 懷 445　　　⼤ 花東 71

封之初文。其甲骨卜辭實際用法爲：

①疑爲器名

 封十 HD.172

屮石一橐弗其…H.7698

戉屮石一橐其戋H.7694

 百橐 H.15494

②封土

 其删四封……Tun.2510

③方國名

　弜克貝雀南封方 H.20576 正

④官職

　……封伯于父丁 H.32287 名

《說文》：「丰 ，艸盛丰丰也。从生，上下達也。」

3. 橐，殷商字形如下：

其甲骨卜辭實際用法爲：

①疑爲器名

　橐五…H.9423

②疑爲地名

　亥乞自橐十 H.9419 反

③人名

　貞出橐令癸啓于并 H.6055

《說文》：「橐 ，囊也。从橐省，石聲。」

七 卷

1. 日，殷商字形如下：

⊟ 合 20905　　⊟ 合 6571 正　　⊟ 合 6648 正

⊟ 合 33698　　⊟ 合 26770　　⊙ 合 27548

⊙ 合 28569　　⊓ 合 38221　　◎ 5413

其甲骨卜辭實際用法爲：

①太陽

⊟ 乙卯不暘日 H.32226

⊟ 甲辰卜乙巳暘日不暘日雨 H.34015

⊟ 今日至于丁亥暘日不雨在五月 H.22915

②白天

◎ 中日至昃不雨 Tun.42）

③一晝夜

 四日 H.11704

④天氣

▣ HD.271

◉ 食日至中日不雨 Tun.42

⑤日神

⊟ …歲告日…H.24946

⑥地名

▱ 叀往于日 HD.297

 王往于日不遘雨 H.27863

《說文》：「日  ，實也。太陽之精不虧。从口一。象形。　⊙ 古文。象
形。」

2. 月，殷商字形如下：

 合 20924　　　 合 20966　　　〉合 9631

〈 合 2890　　　〈 合 14132 正　　　〈 合 24440

〉 合 37840　　　〉 花東 337　　　〈 花東 159

〉5413

月亮，象半月之形。其甲骨卜辭實際用法爲：

①時間單位一個月

 四月 H.30927

②時間單位比月小

 生月雨 H.34489

于生月又大雨 H.38166

《說文》：「月  ，闕也。大陰之精。象形。」

3. 柬，殷商字形如下：

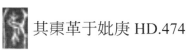 合 14294　　　合 20295　　　合 14295

合 346　　　花東 228　　　花東

象木上有物纏束之形，讀韋，西方風名。

其甲骨卜辭實際用法爲：

①祭祀動詞

其柬革于妣庚 HD.474

吉牛棗于宜 HD.228

②西方

 西方日棗風日彝 H.14294

 貯馬其棗 HD.522

《說文》：「棗　，木垂華實。从木、丂，丂亦聲。」

4. 克，殷商字形如下：

　　合 21254　　　合 19875　　　合 859

　　合 20508　　　合 27879　　　合 31821

　　合 31219　　　合 21526

其甲骨卜辭實際用法爲：

①勝任

 弜執呼歸克鄉王事 H.27796

②能

 其克贏王 H.13709

③攻下

 弗克曾 H.31821

 貞其克乎

《說文》：「克　，肩也。象屋下刻木之形。徐鍇曰：『肩，任也。負何之名也。與人肩膊之義通，能勝此物謂之克。』　古文克。　亦古文克。」

5. 宜，殷商字形如下：

　　宜 合 387 正　　　宜 合 388　　　宜 合 1064

　　宜 33140　　　宜 合 32216　　　宜 合 34165

　　宜 合 23399　　　宜 合 35367　　　宜 花東 394

其甲骨卜辭實際用法為：

①用牲法

　　宜 癸丑宜鹿在入 HD.170

②祭祀動詞

　　宜 自上甲宜 H.1199

　　宜 宜于義羌三卯十牛 H.588

　　宜 吉牛東于宜 HD.228

③人名

　　宜 翌丁亥勿令宜⋯⋯H.40522

《說文》：「宜 ，所安也，從宀之下一之上，多省聲。古文宜，
宜 亦古文宜。」

八　卷

1. 企，殷商字形如下：

　　企 合 11893　　　企 合 18982　　　企 合 19661

　　企 合 22330　　　企 花東 312

其甲骨卜辭實際用法為：

①祭祀動詞

 貞今日夕企 H.11651

② 人名

 弗蚩企 H.40614

 貞隹企蚩 H.24960

③ 地名

 甲午，出在企 Tun.179

 其在企 HD.235

《說文》：「企 ⊓ ，舉踵也。从人止聲。 ⿱ 古文企从足。」

2. 匕，殷商字形如下：

合 19883	合 19986	合 2359
合 32872	屯 2412	合 29345
合 22069		

在人的基础上變化。其甲骨卜辭實際用法爲：

① 雌性（雌性性徵字）

 其匕犬 Tun.808

② 讀「妣」，先祖之配偶

 其御子而妣己罘妣丁 HD.273

妣乙 H.31993

③ 讀「畢」

叀匕兒 H.28411

④ 意義不明

叀伐匕于函 H.28068

《說文》：「匕 ，相與比敘也。从反人。匕，亦所以用比取飯，一名柶。」

3. 髟崒，殷商字形如下：

　　　髟 合 4568　　　　　髟 屯 751　　　　　髟 合 4562

　　　髟 合 5663　　　　　髟 合 6365　　　　　髟 合 9791 正

　　　髟 合 36778

《譜系》作刀的扉棱。其甲骨卜辭實際用法爲：
①人名或方伯名

　　　髟 令髟呂望人……Tun.751

　　　髟 乙未卜，王令髟H.4562

②地名

　　　髟 貞髟不其受年 H.9791

③似方國名

　　　髟 舌方其弋髟H.6366

　　　髟 戌允不出弗伐髟H.28029

　　　髟 弋髟H.6368

　　　髟 髟弗其弋H.7709

　　　髟 自令弋髟H.4242

《說文》：「徵 徵，召也。从微省，壬爲徵。行於微而文達者，即徵之。 微
古文徵。」

4. 望（朢），殷商字形如下：

合 6984	合 5907	合 7220
合 547	合 2985	合 5535
合 13506 正	合 28091	懷 429

其甲骨卜辭實際用法爲：

①監視

乎望土方 H.6182

望舌方 H.546

貞乎望舌方 H.6186

②職官名

令望乘 H.6148

比望乘 H.7486

③地名

甲子卜，其往望叀白令 H.26993

…使人于望 H.5535

《說文》：「朢　，月滿與日相朢，以朝君也。从月从臣从壬。壬，朝廷也。

，古文朢省。」

5. 襄，殷商字形如下：

合 20464	合 8196	合 10992
合 29352	屯 625	屯 2907

其甲骨卜辭實際用法爲：

①地名

 在襄 H.24233

 在襄卜 H.24234

《說文》:「襄  ，漢令：解衣耕謂之襄。从衣𡨄聲。 古文襄。」

6. 裘，殷商字形如下：

 合 7921　　　　　 合 7922

其甲骨卜辭實際用法爲：

①地名

 …裘往裘往…H.7921

《說文》:「裘 ，皮衣也。从衣求聲。一曰象形，與衰同意。 古文省
衣。」

7. 老，殷商字形如下：

合 23708　　　　 合 23715　　　　 合 20280

合 13758 反　　　 合 14059　　　　 合 22246

花東 490

象長發老人執杖之形。其甲骨卜辭實際用法爲：

①貞人名

 辛亥老卜 HD.490

②職官名

貞勿乎多老舞 H.16013

③地名

癸丑卜，帚娥在老 H.22246

《說文》：「老 ，考也。七十曰老。从人、毛、匕。言須髮變白也。」

8. 尸，殷商字形如下：

合 20012　　　合 21172　　　合 6583

合 832　　　合 33039　　　合 33112

其甲骨卜辭實際用法為：

①尸主

王叀尸正 H.33112

②方國

伐尸方 H.33039

尸方不出 H.6456

見尸 H.6455

③讀「夷」

東尸坐日 H.8410 反

④意義不明

王其伐若乙丑允伐右卯罗左卯隹尸牛 H.16131

《說文》：「尸 ，陳也。象臥之形。」

9. 方，殷商字形如下：

合 19777　　　合 20616　　　合 20484

合 33059　　　　合 28244　　　　合 36969

其甲骨卜辭實際用法爲：

①方向、方位

　　　　其又于四方 H.30394

②方國

　　　　貞舌方其出 H.6106

③祭祀動詞〔註7〕

　　　　貞方帝 H.14303

　　　　貞方帝卯一牛 H.14300

　　　　翌乙亥方帝十犬 H.14298

　　　　方帝二豕虫犬卯于土牢黍雨…H.12855

　　　　貞方帝一羌二犬卯一牛 H.418 正

《說文》：「方 ，也。象兩舟省、緫頭形。 方或从水。」

　10. 兒，殷商字形如下：

　　　　合 20534　　　　合 1075 正　　　　合 7893

　　　　合 14681　　　　合 3400

其甲骨卜辭實際用法爲：

①人名

　　　　令兒來 H.3399

　　　　兒允來 H.14681

_____

〔註 7〕似可讀爲「分」。

②地名

丙午卜王令蚩臣于兒 H.20592

《說文》:「兒 ，孺子也。从儿，象小兒頭囟未合。」

11. 兒，殷商字形如下：

　　　合 11599　　　　　　合 25029

其甲骨卜辭實際用法爲：
男性親長

　　　兄蚩畫 H.3043

　　　兄丁 HD.236

《說文》:「兄 ，長也。从儿从口。」

12. 見，殷商字形如下：

　　　合 21305　　　　　合 1027 正　　　　　合 33105

　　　合 33577　　　　　合 23679　　　　　合 30989

　　　花東 226　　　　　0994

其甲骨卜辭實際用法爲：
①看見、見到

　隹宁見馬于癸子 HD.289

②謁見、接見

　子其見帚好 HD.26

　　　見于帚好 HD.451

　　　子乎多臣燕見丁 HD.34

③人名

 見入三 H.9267

④讀「獻」

 閉見于丁 HD.249

 禽獻百牛 H.102

⑧用爲「視」

 貞乎見自般 H.4221）

⑨地名

 丁巳在見 H.17048 反

《說文》:「見 ，視也。从儿从目。」

13. 視，殷商字形如下：

合 6905　　　　合 6804　　　　合 6431

合 27744　　　　合 36970

其甲骨卜辭實際用法爲：

①視察

 丁未卜貞令立視方一月 H.6742

 乎視戎。九月 H.6431

《說文》:「視 ，瞻也。从見、示。 古文視。 亦古文視。」

14. 欠，殷商字形如下：

 合 914 反　　　　　 合 18007　　　　　 合 7235

 屯 942

其甲骨卜辭實際用法爲：

①人名

　　　欠來 H.914 反

　　　其从欠 H.32344

　　　甲午卜。令欠 H.21475

②地名

　　　王叀戍欠令比屯 942

《說文》：「欠 　，張口气悟也。象气从人上出之形。」

15. 旡，殷商字形如下：

　　合 13587　　　　　合 18006　　　　　合 30286

　　合 21476

其甲骨卜辭實際用法爲：

①讀作「既」

　　　及日卩旡 H.21476

　　　其屮乍旡丝家 H.13587

《說文》：「旡 　，歙食气屰不得息曰旡。从反欠。今變隸作旡。　古文旡。」

九　卷

1. 髟，殷商字形如下：

　　　　《合》14295　　　　　《合》766 正　　　　　《合》4561

　　　　《合》28063　　　　　花東 267　　　　　花東 480

　　　　花東 333

其甲骨卜辭實際用法爲：

①地名

　戎允不出弗伐髟 H.28029

②方伯名

③南方風名

　帝于南方曰髟風夷黍年。H.14295

④人名

　襃彔先利 II.28063

《說文》：「髟　　，長髮猋猋也。从長从彡。」

2. 美，殷商字形如下：

　　　　《合》3102　　　　　《合》3015　　　　　《合》14381

　　　　《合》28091　　　　　《合》28088

其甲骨卜辭實際用法爲：

①樂器名（不詳）

　其執美 H.33008

②族名

翌庚子美其見 H.3103

新庸美。H.29712

王于徉使人于美于屮及伐畢。H.28089

新庸美。H.29712

叀小乙乍美庸用 H.27352

3. 卩，殷商字形如下：

卩 合 21422　　　　卩 合 20275　　　　卩 英 935 反

卩 合 7767　　　　卩 合 32700　　　　卩 合 26907 正

卩 屯 4518　　　　卩 合 22258

其甲骨卜辭實際用法爲：

祀行禮

…卩羊 H.21956

卩钔于河 H14524

王卩于父 H.2235

汏由今丁卩 H.22258

《說文》：「卩　卩　，瑞信也。守國者用玉卩，守都鄙者用角卩，使山邦者用虎卩，士邦者用人卩，澤邦者用龍卩，門關者用符卩，貨賄用璽卩，道路用旌卩。象相合之形。」

4. 勺，殷商字形如下：

勺 合 14295　　　　勺 合 14294

其甲骨卜辭實際用法爲：

同「伏」，北方名

 辛亥卜內貞帝于北方曰勹風 H.14295）

《說文》：「勹 ⃝ ，裹也。象人曲形，有所包裹。」

5. 苟，殷商字形如下：

　合 21091　　　　合 32294　　　　合 25983

　合 21954

構形不明。其甲骨卜辭實際用法為：

①地名

　貞王人于苟。H.16336

　小婦苟雨 H.34283

　焱于苟羊雨 H.32294

　焱五豕羊于苟 H.34284

《說文》：「苟 ⃝ ，自急敕也。从羊省，从包省。从口，口猶慎言也。从羊，羊與義、善、美同意。 ⃝ 古文羊不省。」

6. 鬼，殷商字形如下：

　合 14277　　　　合 137 正　　　　合 24989

　合 24999　　　　懷 1073　　　　　合 14290

　合 22012　　　　合 14293 正

其甲骨卜辭實際用法為：

①鬼魂之鬼

降鬼允隹帝令 H.34146

庚辰卜。其□鬼 H.34146

丁又鬼夢。HD.113

貞多鬼夢叀見。H.17450

②方國名

鬼方易 H.8592

③人名

丁卯貞。王令鬼兪剛于享 H.41500

《說文》：「鬼　，人所歸為鬼。从人，象鬼頭。鬼陰气賊害，从厶。　古文从示。」

7. 長，殷商字形如下：

合 27641　　　　合 28195

其甲骨卜辭實際用法為：

①人名

長宗 H.13546

其又長于 H27641

《說文》：「長　，久遠也。从兀从匕。兀者，高遠意也。久則變化。亾聲。紒者，倒亾也。　古文長。　亦古文長。」

8. 豕，殷商字形如下：

合 19883　　　　合 21201　　　　合 12980

合 6016 正　　　合 8814　　　　合 32674

合 34463　　　　　

其甲骨卜辭實際用法爲：

①豬

　　　惠豕于子癸。HD.181

　　　御且癸豕。H.31993

　　　一白豕。HD.278

《說文》：「豕　，彘也。竭其尾，故謂之豕。象毛足而後有尾。讀與豨同。

　古文。」

9. 豭，殷商字形如下：

　　　合 19932　　　　　合 2948　　　　　合 1526

　　　合 30723　　　　　合 22141 豕

其甲骨卜辭實際用法爲：

①公豬

　　　庚羊豭。H.40860

　　　又豭…H.30514

　　　豭貞。H.41120

《說文》：「豭　，牡豕也。从豕叚聲。」

10. 豕，殷商字形如下：

　　　合 20980 正　　　　合 19999　　　　合 6664 正

　　　合 14561　　　　　合 14705　　　　合 14439

合 22073　　　　　　合 21789

其甲骨卜辭實際用法爲：

①祭品猪

 …二豕 H.11234

 …二豕 H.11235

 …豕 H.21758

 貞叀豕 H.11237

《說文》：「豕，豕絆足行豕豕。从豕繫二足。」

11. 希，殷商字形如下：

　　合 20256　　　　　　合 13521 正

豪猪一類的野獸，其甲骨卜辭實際用法爲：

①讀「咎」

　　河希我（英 1167）

②祈求

　　于南方希雨。H.30175

《說文》：「希，脩豪獸。一曰河內名豕也。从彑，下象毛足。讀若弟。
古文。　籀文。」

12. 豪，殷商字形如下：

　　合 19362　　　　屯附 2　　　　　屯附 2

　　屯附 3　　　　花東 39

其甲骨卜辭實際用法爲：

①祭祀用牲畜

　　🐗 叀象于妣己 HD.39

《說文》：「象🐗，豕走也。从互，从豕省。」

13. 豹，殷商字形如下：

　　🐆 合 14363　　　🐆 合 3303　　　🐆 合 4620

　　🐆 合 18314　　　🐆 合補 495 正　　🐆 合 14376

　　🐆 明 842

其甲骨卜辭實際用法爲：

人名

　　🐆 …豹其…H.10208

　　🐆 …冂医豹貨丮事吶受…H.3298

　　🐆 貞叀医豹比。H.10080.6

《說文》：「豹🐆，似虎，圜文。从豸勺聲。」

14. 貔，殷商字形如下：

　　🐾 H.28319

似爲獸名。其甲骨卜辭實際用法不明：

　　🐾 ……大……貔 H.28319

《說文》：「貔🐆，豹屬，出貉國。从豸毘聲。《詩》曰：『獻其貔皮。』《周書》曰：『如虎如貔。』貔，猛獸。🐆或从比。」

15. 兕，殷商字形如下：

![合20389] 合 20389　　　![合10433] 合 10433　　　![合10417] 合 10417

![合10448] 合 10448　　　![合10421] 合 10421　　　![合10403] 合 10403

![懷967] 懷 967　　　![合28411] 合 28411　　　![合37383] 合 37383

其甲骨卜辭實際用法爲：

①犀牛類獸，一說即雌犀牛

 …兕…H.10449

 …兕…H.17852

 其五兕 H.28389

②地名

![字] …擒…在兕…H.33376

《說文》：「兕![篆] ，如野牛而青，象形，與禽离頭。![古文] ，古文從几。」

16. 象，殷商字形如下：

![合1052正] 合 1052 正　　　![合8984] 合 8984　　　![合8984] 合 8984

![屯577] 屯 577　　　![合13625] 合 13625　　　![合4611正] 合 4611 正

![合4617] 合 4617　　　![合4619] 合 4619　　　![合10222] 合 10222

![合30282] 合 30282　　　![合36344] 合 36344　　　![合37368] 合 37368

![合37372] 合 37372

其甲骨卜辭實際用法爲：

①大象

隻象 H.10222.1

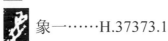象一……H.37373.1

②人名

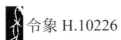令象 H.10226

令象 H.10225.正

②方國名

貞象亡囚H.4617.2

《說文》：「象 ![象] ，長鼻牙，南越大獸，三秊一乳，象耳牙四足之形。」

十　卷

1. 大，殷商字形如下：

![大] 合 33349　　　![大] 合 21491　　　![大] 合 20468

![大] 合 1615　　　![大] 合 151 正　　　![大] 合 11018

![大] 合 28103

其甲骨卜辭實際用法爲：

①大小之大

![大] 其陟于大乙 H.32029.3

![大] ……大丁……H.19827

②大規模

![大] …大風 H.30226

![大] …大風 H.30228

③非常，很

 丁亥隹大食雨 H.20961.2

④人名，貞人名

 大貞……H 補.7096.1

⑤方族名

 在大邑商 H.36530.1

⑥地名

 于大學尋 Tun.60.6

《說文》：「大 ⋔ ，籀文大，改古文。亦象人形。」

2. 馬，殷商字形如下：

合 19813 正	合 19847	合 20407
合 7350	合 32994	和 29416
合 27940	和 27956	合 37514
花東 46	花東 498	

其甲骨卜辭實際用法爲：

①牛馬之馬

 奚不其來白馬五 H.9177.4.正

 □午卜…白馬…隹…H.11048

①職官名

 令多馬 H.合 5719

乙亥卜……多馬亞……H.5709.正

③方國名

馬其先 H.27945

貞丁…馬方…H.20614.2

④人名

　…王乎馬…雉H.5730

《說文》：「馬 ，怒也。武也。象馬頭髦尾四足之形。 古文。 籀
文馬與影同，有髦。」

3. 廌，殷商字形如下：

　　廌 合 10470 反　　　　廌 合 5658　　　　廌 合 8648

　　廌 合 14807　　　　廌 合 150 正　　　　廌 懷 1079

　　廌 合 28422　　　　廌 合 28421

其甲骨卜辭實際用法爲：
①獸名

　　燎東黃廌 H.5658.6.背

　　其歸廌 H.28420

②人名

　于子廌御帚嬭子 H.40856.1

③地名

　　叀廌龍 H.28422

④讀「薦」

廌眉日無災 H.28419

《說文》:「廌，解廌獸也，似山牛，一角。古者決訟令觸不直。象形，從豸省。」

4. 鹿，殷商字形如下：

合 20741　合 10950　合 10293

合 10314　合 10321　合 10268

合 28347　合 28326　合 37403

合 37427

其甲骨卜辭實際用法爲：

①鹿

其射又鹿 H.28327

《說文》:「鹿，獸也。象頭角四足之形。鳥鹿足相似，从匕。」

5. 麋，殷商字形如下：

合 13350　合 10344 正　合 13358

合 10372　合 29380　合 37460

合 37461

其甲骨卜辭實際用法爲：

①麋鹿

……眗射麋……H.10360

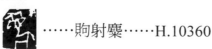

……擒麋 H.10353

②方國名

弗其征麋 H.10378.1

《說文》：「麋 ![] ，鹿屬，从鹿、米聲。麋，冬至解其角。」

6. 麑，殷商字形如下：

![] 合 20724	![] 英 1782	![] 合 10186
![] 合 10500	![] 合 6188	![] 合 37456
![] 合 37431	![] 合 21229	

其甲骨卜辭實際用法為：

①幼鹿

……隻……三狐……麑三 H.37453

……麑二 H.37453

《說文》：「麑 ![] ，狻麑，獸也。从鹿兒聲。」

7. 兔，殷商字形如下：

![] 合 20715	![] 合 5081 反	![] 合 223
![] 合 17397 正	![] 合 10466	![] 合 14386

其甲骨卜辭實際用法為：

①似兔青色之獸

![] ……兔……H.5081 反

![] 兔隻羌 H.200

②地名

 往于毚H.6033 正

《說文》：「毚 ，獸也。似兔，青色而大。象形。頭與兔同，足與鹿同。
篆文。」

8. 兔，殷商字形如下：

合 20728   合 10458   合 13331

 英 856   屯 427   合 32912

其甲骨卜辭實際用法爲：

①兔子

網兔 H.10742

王其□逐兔于 H.14295.1

乎多羌逐兔 H.154.3

②方族名

彈延兔 H.10458

《說文》：「兔 ，獸名。象踞，後其尾形。兔頭與毚頭同。」

9. 犬，殷商字形如下：

合 28882   花東 451

其甲骨卜辭實際用法爲：

①狗

……三犬 H.11202

白犬 H.34082

屮犬 H.15073

②職官名

貞乎多犬衛 H5665

貞多犬弗其及 H5663.2

③人名

令犬延于京 H.4630

④方國名

令多子族比犬侯 H.6813 正

《說文》：「犬 ，狗之有縣蹏者也。象形。孔子曰：『視犬之字如畫狗也。』」

10. 熊，殷商字形如下：

熊 屯 2169

其甲骨卜辭實際用法不詳：

熊 才冋熊瑭Tun.2169

《說文》所無。

11. 吳，殷商字形如下：

合 20146　　　　合 13728 正　　　　合 3029、

花東 39

其甲骨卜辭實際用法不詳：
《說文》所無。

12. 矢，殷商字形如下：

 合 1051 正、　　　 合 1051 正、　　　 合 11016、

 合 14709、　　　 合 21110　　　 合 16846

 合補 1120

其甲骨卜辭實際用法爲：

①昃

 甲午卜。其御宜矢。乙未矢。翌酒大乙。用 HD.290

②商先祖名

 王矢 H.14708.2

 王矢 H.1825

《說文》：「矢 ，傾頭也。从大，象形。」

13. 交，殷商字形如下：

 合 32509　　　 合 32509　　　 合 32509

 合 32905　　　 11423

其甲骨卜辭實際用法爲：

方國名

 才它求交 H.32509.02

 令步以與希交 H.32509.03

《說文》：「交 ，交脛也。从大，象交形。」

十一卷

1. 川，與水相對，殷商字形如下：

 合 3748　　 屯 2161　　 合 5708

 合 9083　　 合 22098　　 合 21734

其甲骨卜辭實際用法為：

①河川神

 即川燎有雨 H.28180

②用作動詞，發水

 又川 H.33357.3

 亡川 H.33357.4

③地名

 在川人歸 H.21657

《說文》：「川 $\langle\langle\langle$ ，貫穿通流水也。《虞書》曰：『濬くくく，距川。』言深くくく之水會為川也。」

2. 龍，殷商字形如下：

合 4654　　　　合 12878 反　　　　合 7861

合 7862

其甲骨卜辭實際用法為：

①有災咎

……龍虫醜 H.12878 反

隹茲邑龍不若 H.07861

《說文》所無。

十二卷

1. 鹵，殷商字形如下：

 合 21428　　 合 7022　　 合 21171

 合 21606

其甲骨卜辭實際用法爲：

①鹽鹵

己未卜。□貞。炆酒鹵大甲 H.1441

《說文》：「鹵 ，西方鹹地也。从西省，象鹽形。安定有鹵縣。東方謂之㡿，西方謂之鹵。」

2. 戴，殷商字形如下：

合 27302　　　　合 31787

揮之或體，其甲骨卜辭實際用法爲：

①地名

執自戴H27302

執自戴H31787

《說文》：無

3. 母，殷商字形如下：

合 19971　　　合 7002　　　合 4924

合 11722 正　　合 2596　　　合 10565

合 22589

其甲骨卜辭實際用法爲：

①前一輩女性親長

母甲 H.19957 反

……王……羌于母乙用 H.19763

《說文》：「母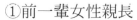，牧也。从女，象裹子形。一曰象乳子也。」

4. 奴，象態，殷商字形如下：

 英 646 正　　　　　　 合 22462

其甲骨卜辭實際用法爲：

①人牲

……奴十四……H.22462

……咕曰。吉奴……曰仕众……毓……了入 II.8251.1.正

《說文》：「奴　，奴、婢，皆古之辠人也。《周禮》曰：『其奴，男子入于辠隸，女子入于舂稾。』从女从又。　古文奴从人。」

5. 妍，殷商字形如下：

合 32169　　　　　合 28273　　　　　合 30459

合 27250

其甲骨卜辭實際用法爲：

①人名

妍又且乙 H27250

……妣妍……H.18056.1

《說文》：「妍　，技也，一曰，不省錄事。一曰，難侵也。一曰，惠也。一曰，安也。从女，开聲。」

・179・

6. 戈，象形，殷商字形如下：

十 合 775 正　　　十 合 8402　　　十 合 7767

十 合 35240　　　十 合 21897　　　屮 屯 2194

其甲骨卜辭實際用法爲：

①兵器

 其斞戈一斧九 H.29783

更絲戈用 Tun.2194.3

②殺伐

 王其乎戈禽 H.33378

十 以四戈彘 H.34122.3

③人名

 戈有囚 Tun.3706

④方國名或地名

十 更戈人射 H.33002

十 庚寅…令入戈人步 H.8399

十 癸亥卜。王戈受年。十二月 H.8984

《說文》：「戈 戈 ，平頭戟也。从弋，一橫之。象形。」

7. 戎，殷商字形如下：

市 合 6906　　　市 合 7003　　　市 合 19663

市 合 6665 正　　　市 合 24363　　　市 合 20555

合 27997　　　　合 22043　　　　合 20286

其甲骨卜辭實際用法爲：

①干盾

　叀戌盾往又殺 H.27975

②方國名

　征盾 H.20449

③人名

　盾亡不若 H.16347

④地名

　盾弗捍 H.24363）

《說文》：「盾　，瞂也。所以扞身蔽目。象形。」

8. 戌，象形，殷商字形如下：

　合 21522　　　　合 6567　　　　合 4723

　合 29648　　　　屯 2291　　　　合 35913

　花東 206　　　　花東 206

古代兵器，長柄大斧。后作「鉞」。其甲骨卜辭實際用法爲：

①人名

　戌隻羌 H.173

　戌其戎 H.7748.1

②方國名

貞戊弗其殺 H.7691.3

戊其来 H.4280.1

《說文》:「戊 ，斧也。从戈丨聲。《司馬法》曰:『夏執玄戊，殷執白戚，周左杖黃戉，右秉白髦。』」

9. 戚，殷商字形如下:

屯 2194   屯 1501   合 31036

屯 284   屯 783

其甲骨卜辭實際用法爲:
①古代戊形兩邊加飛楞的兵器

 ⋯⋯戚 H.34287

 ⋯⋯亥貞。陟⋯⋯以戚 H.34400

②戚舞或軍樂

 叀戚奏 H.31027

叀戚庸用 Tun.1501

于丁亥奏戚不雨 H.31036.2

《說文》:「戚 ，戉也。从戉尗聲。」

10. 我，殷商字形如下:

合 21249   合 21253   合 900 正

合 6057 正   合 9938 正   合 32829

合 33700   合 524   合 36754

花東 470

其甲骨卜辭實際用法為：

①第一人稱代詞，多為殷商自稱

 ……我受年 Bu.2484

 貞我受年 H.9688

②人名

 丙辰卜，我貞 H.21760

③地名

 貞才我 H.8308

《說文》：「我 𢨲，施身自謂也。或說我，頃頓也。从戈从手。手，或說古垂字。一曰古殺字。徐鍇曰：『从戈者，取戈自持也。』 𢦩 古文我。」

11. 義，殷商字形如下：

 合 32982　　　　　 合 27972　　　　　 屯 4197

 合 38672

其甲骨卜辭實際用法為：

①地名

 于義…Tun.3040

 在義田 Tun.2179

《說文》：「義 義，己之威儀也。從我、羊。 羛 《墨翟書》義从弗。魏郡有羛陽鄉，讀若錡。今屬鄴，本內黃北二十里。」

12. 瑟，殷商字形如下：

[象]花東 130   [象]花東 130   [象]花東 372

[象]花東 372

其甲骨卜辭實際用法爲：

疑爲人名？

[象]己卯卜。子用我爽。若。弜屯啟用。永。舞商 HD.130.1

《說文》：「瑟[瑟]，庖犧所作弦樂也。从珡必聲。[瑟]古文瑟。」

十三卷

1. 莫，殷商字形如下：

[字]合 10185   [字]合 10173   [字]合 10189

[字]合 35253   [字]懷 184

其甲骨卜辭實際用法爲：

①熯

   [字]貞我不？H.10178

   [字]弗莫HD.247）

②同「黑」

   [字]二莫牛 HD.278）

   [字]勾莫馬 HD.386）

   [字]弜勾莫馬 HD.179）

《說文》：「熯[熯]，乾兒。从火，漢省聲。《詩》曰：『我孔熯矣。』」

2. 田，殷商字形如下：

合 20196　　　　合 194　　　　合 32026

合 29330　　　　合 21546

其甲骨卜辭實際用法爲：

①田土

舌方夾侵我西鄙田 H.6057.2.正

貞我北田受……H.9750.b

②地名

戊辰卜。日屮田方丘……H.10980

从址往田 HD.9）

③田獵，同「畋」

王田于東 Tun.1125.4

……于田于麥……H.24228.3

田亡災 Tun.4146）

④職官名

……以多田亞任……H.32992.1.背

叀禽令田 H.33218.3

《說文》：「田 ，陳也。樹穀曰田。象四口。十，阡陌之制也。」

3. 黽，殷商字形如下：

合 1870 反　　　　合 7405 反　　　　合 17869

其甲骨卜辭實際用法爲：

①似地名

鼉其衛 H.7405 反）

……吉不鼉其衛……H.17869

《說文》：「鼉 ，水蟲。似蜥易，長大。从黽單聲。」

4. 堯，殷商字形如下：

合 9379

其甲骨卜辭實際用法爲：

①人名

堯入 H.9379

《說文》：「堯 ，高也。从垚在兀上，高遠也。 古文堯。」

十四卷

1. 輦，殷商字形如下：

合 29693

其甲骨卜辭實際用法爲：

①人力牽引的車輛

其乎輦又正 H.29693.3

《說文》：「輦 ，輓車也。从車，从㚘在車前引之。」

2. 宁，殷商字形如下：

英 1784　　 合 4525　　 屯 2522

合 34547　　 花東 367　　 合 32517

屯 2567　　 英 2400

貯之初文。其甲骨卜辭實際用法爲：

①貯存

 貞乎取蒿宁 H.7061.2 正

王令□取宁 H.7062.1

其又宁馬……HD.168）

②掌管倉貯的職官

酓多宁以邑 Tun.2567

③人名或方國名

貞令宁以射 White.962.4

《說文》：「宁　，辨積物也。象形。」

3. 戊，殷商字形如下：

戊 合 21120　　　戊 合 1026　　　戊 合 33

戊 合 33202　　　戊 合 28109　　　戊 合 37544

戊 合補 11120

其甲骨卜辭實際用法爲：

①天干第五位

于戊辰雨 H.20934

戊申 H.11741.3

戊其雨 H.29879.1

戊申 HD.316）

戊不雨 Tun.226）

②人名

妣戊 H.22208.1

父戊歲叀牛 H.27485.2

歲且戊犬一 HD.316）

《說文》：「戊 ，中宮也。象六甲五龍相拘絞也。戊承丁，象人脅。」

4. 巴，殷商字形如下：

合 2431 正　　　合 6461 正　　　合 6477 正

合 811 正　　　合 4477 正

其甲骨卜辭實際用法爲：
①方國名

…巴方…H.8414

…宁貞…巴方 H.8412

《說文》：「巴 ，蟲也。或曰食象蛇。象形。徐鍇曰：『一，所吞也。指事。』」

5. 子，殷商字形如下：

合 19946 反　　合 20351　　合 20794

合 2763　　合 32077　　合 37995

懷 434　　　合 21577

其甲骨卜辭實際用法爲：
①地支第一位

甲子卜 H.19847

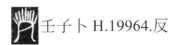壬子卜 H.19964.反

庚子卜 HD.371）

壬子卜 HD.294）

《說文》：「子 ，十一月，陽气動，萬物滋，人以爲偁。象形。（李陽冰曰：『子在襁緥中，足併也。』） 古文子从巛，象髮也。 籀文子囟有髮，臂脛在几上也。」

6. 疑（疑），殷商字形如下：

合 13465　　　　合 32908　　　　合 22577

合 26381　　　　合 26742　　　　英 2417

其甲骨卜辭實際用法爲：

①人名

王占曰。疑兹乞雨。H.12532.正

②貞人名

疑貞 H.23590

《說文》：「疑 ，惑也。从子、止、匕，矢聲。徐鍇曰：『止，不通也。矣，古矢字。反匕之幼子多惑也。』」

7. 丑，殷商字形如下：

合 10405 正　　　合 16790　　　合 27456

合 20400　　　花東 459

其甲骨卜辭實際用法爲：

①地支第二

乙丑卜 H.33102

辛丑卜 HD.108.2

己丑卜 HD.416）

《說文》：「丑 ，紐也。十二月，萬物動，用事。象手之形。時加丑，亦舉手時也。」

8. 未，殷商字形如下：

合 20015　　　　合 6157　　　　合 34977

合 39145　　　　合 19957 正　　　花東 215

其甲骨卜辭實際用法為：

①地支第八

乙未…Tun.3269

癸未貞…Tun.1085

乙未貞…Tun.2002）

丁未 HD.167）

《說文》：「未 ，味也。六月，滋味也。五行，木老於未。象木重枝葉也。」

9. 戌，殷商字形如下：

合 6572　　　　合 15020 反　　　合 21784

合 33291　　　　合 22594　　　　合補 12670

花東 428　　　　花東 428

其甲骨卜辭實際用法爲：

①地支第十一

　□戌卜貞 H.12157

　⋯丙戌 Tun.664.10

　庚戌貞⋯Tun.1112

　丙戌卜 HD.429）

②人名

　貞戌弜复 H.19358

③地名

　⋯酒于戌⋯H.15772

《說文》：「戌　，滅也。九月，陽气微，萬物畢成，陽下入地也。五行，上生於戊，盛於戌。从戊含一。」

10. 孕，殷商字形如下：

　合 21070　　　　　英 494 反　　　　合 21207

　合 2650 正　　　　合 10136 正　　　合 21207

其甲骨卜辭實際用法爲：

①懷孕妊娠

　□王曰又孕嘉扶曰嘉。H.21071

《說文》：「孕　，裹子也。从子从几。徐鍇曰：『取象於裹妊也。』」

第三章　隨形附麗

一　卷

內容：无。

二　卷

1. 齒，殷商字形如下：

　　 合 3523　　　　　　 合 13644　　　　　　 合 13648 正

　　 花東 281　　　　　　 合 6664 正　　　　　　 合 6664 正

　　 10769　　　　　　 1488

其甲骨卜辭實際用法爲：

①牙齒。

　　 貞，隹父乙蚩疾齒。HB.277 正

　　 亡广齒隹易 HB.3987）

　　 ……又齒于妣庚……HD.163

②年齒。

 取牛齒 H.8803

 ……齒七月。二告 H.17298

③特指象牙。

 貞，曰戈以齒王。H.17307 正

 ……允⳨來齒自商 H.17300 正

④地名

 在齒 H.32963

《說文》：「齒 ![齒篆] ，口齗骨也。象口齒之形，止聲。凡齒之屬皆从齒。 ![古文] 古文齒字。」

三　卷

1. 屮，殷商字形如下：

![屮] 合 20219　　![屮] 合 20234　　![屮] 合 20117

![屮] 合 13762　　![屮] 合 30173　　![屮] 合 595 正

![屮] 合 32932　　![屮] 合 33205

圃之初文，其甲骨卜辭實際用法爲：
①其義不詳

![屮] 屮受黍年 H.10022 甲）

![屮] 丙寅屮丁酒乇 Tun.4081）

②方國名

在嵒魚 H.7894）

③人名

嵒其有疾 H.13762）

《說文》：「圃，種菜曰圃。从囗甫聲。」

四　卷

1. 眉，殷商字形如下：

合 3420　　合 3421　　合 7693

合 28774　　合 29388　　合 4503 甲

合 2516　　487

其甲骨卜辭實際用法為：

①人名

眉弗其致及不 H.673）

②地名

使人于眉 H.7693）

③讀爲「彌」訓爲「終」

茲雨眉日 H.27931）

《說文》：「眉，目上毛也。从目，象眉之形，上象頟理也。」

五　卷

內容：无。

六 卷

1. 枼，殷商字形如下：

 合 13625 正　　　合 19956　　　合 33150

合 34167　　　屯 994　　　屯 2691

合 33149

其甲骨卜辭實際用法爲：

①地名

 在枼 H.34167）

 步自枼隹 H.33149）

②婦名

帚枼娩嘉。四月　H.14018

《說文》：「枼 ，楄也。枼，薄也。从木世聲。臣鉉等曰：『當從卅乃得聲。卅，穌合切。』」

2. 生，殷商字形如下：

合 21172　　　合 7776　　　合 14128 正

合 33038　　　合 34081　　　合 21885

合 22174

其甲骨卜辭實際用法爲：

①長出，生長

 貞，不其生 H.904 正

……杢不其生 H.9555

②生育

 其羍生于妣庚妣丙 H.34081

 求生五妣 H.22100

③活的

 乎取生𧽙鳥 H.116 正）

 其獲生鹿 H.10270）

 癸卯卜，侑生豕 H.15068）

④猶「來」

 生月雨 H.33916）

 貞生三月有雨 H.249 正

《說文》：「生 ，進也。象艸木生出土上。」

七　卷

1. 暈，殷商字形如下：

 合 20984　　　合 20985　　　、合 20987

合 13049　　　合 14153 正乙　　　合 7923

合 33713

其甲骨卜辭實際用法為：

①日月周圍的光圈

丁卯暈 H.974 正）

（西暈延雨 H.13049）

（壬辰卜……不暈……H.20986）

《說文》：「暈 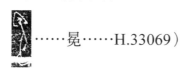，日月气也。从日軍聲。」

2. 冕，殷商字形如下：

 合 33069

其甲骨卜辭實際用法爲：
①孤字，其義不明

……冕……H.33069）

《說文》：「冕 ，大夫以上冠也。邃延、垂瑬、紞纊。从冃免聲。古者黃帝初作冕。 冕或从糸。

3. 栗，殷商字形如下：

合 36745　　　合 36902　　　合 10934

合 5477 正

其甲骨卜辭實際用法爲：
①地名

王……从栗……H.36745

《說文》：「栗 ，木也。从木，其實下垂，故从卤。㮚 ，古文㮚从西从二卤。徐巡說：『木至西方戰㮚。』」

4. 禾，殷商字形如下：

合 20656　　　合 33291　　　合 32028

合 37849　花東 146　合 19804

合 9464 正　合 9615　4750

其甲骨卜辭實際用法爲：

①禾

黍禾于何受禾 Tun.3041）

……歲受禾 Tun.3043）

北方受禾 H.33247）

②用禾喂……

庚戌卜其匄禾馬，宁 HD.146

③似祭名

貞酒黍禾 Tun.4101

⑤婦名

…禾帚…H.17297

《說文》：「禾 ，嘉穀也。二月始生，八月而孰，得時之中，故謂之禾。禾，木也。木王而生，金王而死。从木，从來省。來象其穗。凡禾之屬皆从禾。

5. 穆，殷商字形如下：

合 7563　　合 28400　　合 28401

屯 4451

其甲骨卜辭實際用法爲：

①地名

 叀穆田亡災 Tun.4451）

 王異戉其射在穆兕 H.28400）

 乃穆兕HD.377）

《說文》：「穆 ，禾也。从禾㬎聲。」

6. 黍，殷商字形如下：

合 20649　　合 21221　　合 13414

合 10022 丙　合 9965　　合 27219

合 34588　　合 32593　　合 30982

合 30345　　花東 379

其甲骨卜辭實際用法爲：

①黍子

 我受黍年 H.303）

 ……黍年 H.9973）

 ……受黍年 H.9996）

②種植黍子

 今春王弜黍 H.9518）

王弙黍 H.33225）

 丁往于黍 HD.379）

 弖自丁黍 HD.48）

③人名

 貞，乎黍 H.9542）

 乎黍 H.9543）

《說文》：「黍 ，禾屬而黏者也。以大暑而穜，故謂之黍。从禾，雨省聲。孔子曰：『黍可爲酒，禾入水也。』」

八 卷

1. 尾，殷商字形如下：

　　 合 136 正

其甲骨卜辭實際用法爲：

①疑用作人名，用法不詳。

　　 其隹丙戌卒屮尾其隹辛家 H.136 正

《說文》：「尾 微也。从到毛在尸後。古人或飾系尾，西南夷亦然。凡尾之屬皆从尾。今隸變作尾。」

2. 次，殷商字形如下：

　　 合 19945　　　 合 9375　　　 屯 751

　　 合 6353　　　 合 7007　　　 合 10156

合 8317　　　　合 21724

其甲骨卜辭實際用法爲：

①氾濫

洹不次H.8317

今者泉來水次H.10156

又伐自二甲次示叀乙巳 Tun.751

②祭祀動詞

……惟翌，父乙次H.19945

惟七牛，用次，王受佑 H.30715

③人名，侯伯名

乎次……御事 H.5559

丙申次光 H.20227

王弜令次其每 H.28053

④方國名

……婦不戎于次H.7007

白（伯）次其有祝 H.3414

《說文》：「次 慕欲口液也。从欠从水。 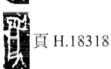 次或从侃。 籀文次。

九　卷

1. 頁，殷商字形如下：

　　　 合 15684 反　　　 合 22215　　　　 合 22215

　　　 合 22216　　　 合 22217

其甲骨卜辭實際用法爲：

①用法不詳

　　　 ……四子祭頁 H.22216

　　　 頁 H.18318

《說文》：「頁 ，頭也。从百从儿。古文䭫首如此。凡頁之屬皆从頁。百者，䭫首字也。

2. 須，殷商字形如下：

　　　 合 675 正　　　 合 816 反　　　 合 17931

　　　 合 588 正　　　 合 35302

其甲骨卜辭實際用法爲：

①等待

　　　 王須允 H.858 正

②人名

　　　令須叔多女 H.675 正

《說文》：「須， 面毛也。从頁从彡。凡須之屬皆从須。臣鉉等曰：此本須

鬚之須。頁，首也。彡，毛飾也。借爲所須之須。俗書从水，非是。

3. 髭，殷商字形如下：

1033　　　　　　合 27740　　　　　　合 27742

其甲骨卜辭實際用法爲：

①人名

　　𦥑令監凡 H.27740.

《說文》：「頿，口上須也。从須此聲。臣鉉等曰：今俗別作髭，非是。」

4. 文，殷商字形如下：

合 4611 反　　　　懷 2701　　　　合 4889

合 18682　　　　合 922　　　　合 5965

其甲骨卜辭實際用法爲：

①人名

　　文𡿧王事 H.946 正

②商王

　　文武升，祊其牢，茲用 H.36166

　　王賓文武丁 H.35355

　　文武宗，其牢，茲用 H.36159

③地名

　　貞，于文室 H.27695

文邑 H.33243

《說文》：「文 ，錯畫也。象交文。」

十　卷

內容：无。

十一卷

1. 州，殷商字形如下：

其甲骨卜辭實際用法爲：

①地名

貞，如州妾循 H.659）

貞，州臣得 H.850）

……今丙……尋州 H.7329）

《說文》：「州 ，水中可居曰州，周遶其旁，从重川。昔堯遭洪水，民居水中高土，或曰九州。《詩》曰：「在河之州。」一曰州，疇也。各疇其土而生之。臣鉉等曰：今別作洲，非是。　 古文州。」

2. 雨，殷商字形如下：

合 20975　　　　合 20983　　　　合 21021

合 12919　　　　合 12340　　　　合 6037 正

𝍫合 63 正　　　𝍷𝍷𝍷合 24156 正　　　合 9254

其甲骨卜辭實際用法爲：

①雨

……不遘大雨，大吉 H.28491

不遘小雨 H.28547

……不遘大雨，茲御，在九月 H.37646

三日雨至 HD.256

雨不至于夕 HD.103

②下雨

丙雨，丙午允雨 Tun.254（前一雨字）

允雨 H.12547

癸未雨……Tun.3939

𝍷𝍷𝍷其雨 HD.10

《說文》：「雨 𩑋 ，水从雲下也。一象天，冂象雲，水霝其間也。凡雨之屬皆從雨。 𩓋 古文。」

3. 雹，殷商字形如下：

𝍫合 12628　　　𝍷𝍷𝍷合 14156　　　𝍷𝍷𝍷合 11423 正

𝍷𝍷𝍷英 1076　　　●●● 合 21777

其甲骨卜辭實際用法爲：

①冰雹

……宁延馬二丙辛巳雨以雹 H.21777

生十月雨其隹雹 H.12628

翌丁亥晹日丙戌雹……H.7370

《說文》：「雹 ，雨冰也。从雨包聲。 古文雹。」

十二卷

1. 聞，殷商字形如下：

合 20119　　　合 10936 正　　　合 1136

合 7214　　　合 19173　　　合 4388

合 5004　　　合 6077　　　花東 38

其甲骨卜辭實際用法爲：

①聞知

……以聞……牛 H.32902

貞，舌方亡聞 H.6167

②消息

其虫聞 H.6077

其有來聞，其隹甲不……H.1075 正

③人牲名

貞炆聞之从雨 H.1136

《說文》：「聞 ，知聞也。从耳門聲。 古文从昏。」

2. 媚，殷商字形如下：

 合 14799　　　　　 合 707 反　　　　　 合 6592

合 14793　　　　　 合 14799　　　　　 合 14035 正甲

合 811 正　　　　　 合 10144　　　　　 英 2428

 7413

其甲骨卜辭實際用法爲：

①婦名

……帚媚屮 H.2809

②人牲名

三十妾媚 H.655 甲正

貞，父乙弗卯媚 H.811

③讀「魅」

己卯，媚，子寅入，且羌十 H.10405 正

④地名

貞〔有〕伐囚媚（乙 5849）

王步自媚于鱻 H.33147

《說文》：「媚 媚，說也。从女眉聲。」

十三卷

1. 齒（繼），殷商字形如下：

合 14959　　　　　 合 16225　　　　　合 17166 正

其甲骨卜辭實際用法爲：

①繼之初文續

貞，繼 H.19737

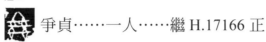爭貞……一人……繼 H.17166 正

②不詳

……业繼……H.14961

《說文》：「繼，續也。从糸、𢇍。一曰反𢇍爲繼。」

十四卷

1. 几，殷商字形如下：

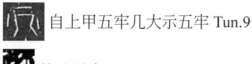

其甲骨卜辭實際用法爲：

①用牲之法

自上甲五牢几大示五牢 Tun.9

其几以小示 H.32543

②祭祀動詞，釁血

自上甲几又伐 H.32214

自上甲几用人 H.32374

其几又久 Tun.3743

《說文》：「几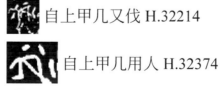，踞几也。象形。《周禮》五几：玉几、雕几、彤几、鬃几、素几。」

第四章　類型不明

一　卷

內容：无。

二　卷

1. 小，殷商字形如下：

合 7790　　　　　 合 23714　　　　　 合 23706

合 21805

其甲骨卜辭實際用法爲：

①細、微。與大相對。

小宗 H.23390）

《說文》：「小 物之微也。从八，丨見而分之。」

2. 曾，殷商字形如下：

合 1012　　　　　 合 6536　　　　　 合 32048

 合 26015　　 合 31821　　 花東 294

其甲骨卜辭實際用法爲：

①地名。

　　勿次于曾 H.7353

②人名。譜系言「氏族名」

　　羌曾 H.489

《說文》：「曾 　 詞之舒也。從八從曰，囧聲。」

3. 周，殷商字形如下：

　　 合 590 正　　　　 合 6825　　　　 合 6814

　　 合 1086 正

其甲骨卜辭實際用法爲：

①方國名。

　　王令周 H.4886

②人名，婦名。

《說文》：「周 　 密也。从用、口。 　 古文周字从古文及。」

4. 行，殷商字形如下：

　　 合 20610　　　 合 5454　　　　 合 23055

　　 合 24361　　　 合 21457

其甲骨卜辭實際用法爲：

①行走。

　　出复有行 H.4037

②行軍。

③人名，貞人名。

行貞 H.23671

④地名。

《說文》：「行 ，人之步趨也。从彳从亍。」

5. 㗊，殷商字形如下：

 合 9432　　　　 合 9434　　　　 英 2000

 合 17599 反

其甲骨卜辭實際用法爲：

①人名或方族名

　　气自㗊 H.9433

《說文》：「㗊 ，眾口也。从四口。讀若戢。一曰嚚，州名。」

6. 龠，殷商字形如下：

 合 22730　　　　 合 22882　　　　

其甲骨卜辭實際用法爲：

①祭祀動詞

②名詞

　　王賓龠，亡咎

《說文》：「龠 ，樂之竹管，三孔，以和眾聲也。从品、侖。侖，理也。」

三　卷

1. 丩，殷商字形如下：

 合 8594 反　　　　 合 11018 正　　　　 合 28128

 合 20891

其甲骨卜辭實際用法爲：

①動詞，纏繞

②地名或氏族名

　　史人凵告啓 Tun.579

《說文》：「凵 ，相糾繚也。一曰瓜瓠結凵起。象形。凡凵之屬皆从凵。」

2. 占，殷商字形如下：

合 19886　　 合 20333　　 合 21411

合 137 反　　 合 6057 正　　 合 39349

合 39357　　 合 35347

其甲骨卜辭實際用法爲：

①占卜

　　占嘉 H.2169

《說文》：「占 ，視兆問也。从卜从口。」

3. 玼，殷商字形如下：

合 21305　　 合 21297　　 合 21019

合 20723　　 合 16478　　 合 536

合 456　　 合 2940　　 合 20399

合 34703　　 合 34724　　 合 34876

花東 349　　 花東 114

其甲骨卜辭實際用法爲：

①占卜吉凶

②災禍

③有災禍

④地名

《說文》：「𤓯 ，灼龜坼也從卜兆象形。古文兆省」

4. 言，殷商字形如下：

 合 21246　　　　 合 4519　　　　合 13638

合 14585 正　　　　英 921　　　　合 30595

合 21631

其甲骨卜辭實際用法爲：

①言說

　　子不言多亞 H.21631

②人名

　　貞言其有疾 H.13637 正

《說文》：「言 ，直言曰言，論難曰語。从口辛聲。」

5. 莆，備之初文，殷商字形如下：

合 20149 正　　　　合 3903　　　　合 1973

合補 7042

其甲骨卜辭實際用法爲：

①準備

②人名貞人名

　　莆H.3902

③地名

　　莆Tun.2152

④祭祀用牲之法

莆一牛 H.1973

《說文》：「莆 ，具也。从用，苟省。臣鉉等曰：『苟，急敕也。會意。』」

四 卷

1. 叀，殷商字形如下：

合 20401 　　 合 614 　　 合 19486

合 32192 　　 合 34103 　　 懷 1628

合補 6615 　　 合 27736 　　 合 4785

其甲骨卜辭實際用法爲：

①語氣副詞，相當于「唯」。

叀伐父乙 H.968

叀牢 HD.39

叀小狂一 HD.124

叀牝于妣庚 HD.181

《說文》：「叀 ，專小謹也。从幺省；屮，財見也；屮亦聲。 古文叀。 亦古文叀。」

2. 屰，殷商字形如下：

合 19933 　　 合 6589 正 　　 合 14315 正

合 18805 　　 合 22134 　　 合 22495

其甲骨卜辭實際用法爲：

①陳列

王歺在…H.34695

②讀烈

 其歺。Tun.2219

 H.6589

《說文》：「歺 卢，列骨之殘也。從半冎。凡歺之屬皆從歺。讀若櫱岸之櫱。徐鍇曰：『冎，剮肉置骨也，歺殘骨也，故從半冎。』臣鉉等曰：『義不應有中一，秦刻石文有之。』卩 古文歺。」

3. 丰，殷商字形如下：

 合 34149　　　 屯 930　　　 合 34148

 7136

其甲骨卜辭實際用法爲：
①西方風名
② 風曰丰 H.14295

③似某种手工制品
 不乍丰 H.3954

④或讀爲「勻」
 亡丰 H.9199

王其令伐丰山 Tun.2915

《說文》：「丰 丰，艸蔡也。象艸生之散亂也。」

五 卷

1. 入，殷商字形如下：

　　　入 合 21437　　　　　入 合 20149　　　　　入 合 643

　　　入 屯 60　　　　　　　入 合 23377　　　　　入 合 25634

　　　入 合 27765　　　　　入 合 22259

其甲骨卜辭實際用法爲：

①進入。

 王入。H.1210

　　……入商 Tun.566

②貢納。

 卅牛入 HD.113

 弜入肉 HD.113

 五十牛入于丁 HD.113

③落。

 于日雨入 HD.258

④同「內」。

　　在入 HD.170

《說文》：「入 ∩ ，內也。象從上俱下也。」

2. 良，殷商字形如下：

　　　良 合 4955　　　　　良 合 4956　　　　　良 合 938 反

　　　良 合 4952　　　　　良 合 6614 白　　　　良 合 13016

英 172　　　　　　懷 495

其甲骨卜辭實際用法爲：

①人名。

……乎良 H.4955 正

②地名。

王其步於良。H.24472

良泉 HD.484

子福叀咩罙良啓 HD.178

③婦名。

 帚良示 H.17527

《說文》：「善也。从富省，亡聲。徐鍇曰：『良，甚也。故从富。』 古文良。 亦古文良。 亦古文良。」

六　卷

1. 毛，讀「舌」。殷商字形如下：

 合 6992　　　　　　合 1076 正甲　　　　　　合 5884

合 34573　　　　　　合 22910　　　　　　屯 1054

合 22247

其甲骨卜辭實際用法爲：

①祭名或用牲法

 貞毛羊。H.22239

毛二牛 Tun.900

今日毛不雨 Tun.2268

毛于父丁犬百羊百卯…Tun.503

《說文》:「毛 ㄓ，艸葉也。從垂穗，上貫一，下有根。象形。」

七 卷

1. 星，殷商字形如下：

合 10344 正　　合 15959 反　　合 18648

合 18692　　合 6063 反　　合 11489

其甲骨卜辭實際用法為：

①星

丁丑卜。王丝…星于…六月 H.15959.

星…H

星…H.11490

□星。H.11501

《說文》:「曐，萬物之精，上爲列星。從晶生聲。一曰象形。從口，古口復注中，故與日同。　，古文星。曐，或省。」

2. 秋，殷商字形如下：

合 20476　　合 19536　　合 9632

合 33232　　合 32854　　合 29715

合 22196

其甲骨卜辭實際用法爲：

①昆蟲

 其寧龝于帝五玉臣于日告。Tun.930

②地名

 貞雍𡚾于秋。H.150 正

③祭祀對象

 …其尋告秋…H.28205

 其告秋…H.28206

④同龝

 龝…Tun.913

 龝…Tun.1577

 …龝再…Tun.263

今秋 H.21586）

《說文》：「秋 禾穀孰也。从禾，𤊷省聲。 籀文不省。」

3. 白，殷商字形如下：

合 20078　　 合 20084　　 合 6460 正

合 3409 正　　 合 3410　　 合 32330

合 34463　　 合 38758　　 6453

其甲骨卜辭實際用法爲：

①白色，與黑相對。

用白牛。H.15452

叀一白牛 HD.299

子叀白圭再用 HD.193

②讀「伯」。

王其尋二方白。H.28086

从白東禽 Tun.1094

于白一牛用 HD.142

③地名

王往田于白。H.33425

子其入白屯 HD.220

《說文》：「白 ⊕ ，西方色也。陰用事，物色白。从入合二。二，陰數。 ⊕ 古文白。」

八　卷

1. 允〔註1〕，殷商字形如下：

合 20736　　合 22274　　合 20416

合 33838　　合 33966　　合 27862

其甲骨卜辭實際用法爲：

〔註1〕允，《甲骨文字典》：『象人頭頂有標誌之形，所象何意不明。』持論較爲慎重。後經訛變，字形割裂，小篆作，《說文》：『允，信也。從兒，㠯聲。』（大徐本，段注依《韻會》所據小徐本改爲『從㠯兒』）今以甲骨文證之，知許君說義是而析形非，段氏目『允』爲會意字亦非也……『允』爲副詞作狀語自無疑問。」引自陳煒湛：《甲骨文「允字」說》，古文字研究二十五輯，古文字研究會、浙江省文物考古研究所編，第1頁。

①副詞，果然

允雨 H.12994

允雨。H.33781

…允雨。H.12904

今日允雨 Tun.449

癸未…兔已…人允來 Tun.427

②人名，貞人名。

乙亥卜允貞…H.6671

九　卷

1. 肜，殷商字形如下：

其甲骨卜辭實際用法爲：

①祭祀動詞，周祭之一

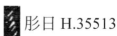肜日 H.35513

肜夕 H.35959

②地名

王弜狩彡。H.32219

…王其狩彡。H.33382

《說文》：「彡  毛飾畫文也。象形。」

2. 易，陽之初文。殷商字形如下：

早 合 3387　　　　　早 合 3392　　　　　早 合 6460 正

早 英 198

其甲骨卜辭實際用法爲：

①出太陽

大啓易 H.11499 正

②地名

…才易 H.20631

③人名

王惟易白簽脊

④讀「揚」假借爲舉犯

鬼方易 H.8591

《說文》：「易 易 開也。从日、一、勿。一曰飛揚。一曰長也。一曰彊者眾兒。」

十　卷

1. 鼠，殷商字形如下：

合 13960　　　　　合 14121　　　　　合 14116

懷 1514

其甲骨卜辭實際用法爲：

①婦名

 帚鼠 H.14020

 帚〔婦〕鼠亡咎 Tun.3847

《說文》：「鼠 穴蟲之總名也。象形。」

2. 尞，殷商字形如下：

合 21200　　 合 20204　　 合 14771

合 358　　　 英 1891　　　 合 28180

屯 658　　　 合 35901

其甲骨卜辭實際用法爲：

①祭祀動詞

 尞上甲 H.1189

 其黍禾于高且尞叀勿牛 Tun.1102

《說文》：「尞 ，柴祭天也。从火从昚。昚，古文慎字。祭天所以慎也。」

十一卷

1. 永，殷商字形如下：

合 21381　　 合 8940　　　 合 248 正

合 1076 正甲　 合 36484　　 合 4913

合 29388　　 合 28800

其甲骨卜辭實際用法爲：

①人名或婦名

 命永墾田于蓋。H.9476

命永取牝。H.4909 正

帚永 HD.5

②貞人名

 己丑卜。永貞…H.178

③方國名

 龍來以永方…H.33189

其名永方…H.33190

《說文》：「永 長也。象水巠理之長。《詩》曰：『江之永矣。』」

十二卷

1. 弗，殷商字形如下：

    合 7076   合 7703   英 181

    合 36346   花東 378   花東 290

其甲骨卜辭實際用法為：

①否定副詞，相當于「不要、不會、不能」

 弗及 H.36425

 南弗死 HD.38

 弗擒 Tun.664

《說文》：「弗 撟也。从丿从乀，从韋省。臣鉉等曰：韋所以束枉戾也。」

2. 」，殷商字形如下：

　　丿 合 9669 白　　　　　(合 13443　　　　　」合 17612

　　丿 懷 1636　　　　　　　合 7755

其甲骨卜辭實際用法為：

①似表示卜骨數量，一說指一副卜骨之半

帚𥑧示十屯又一」H.13443

示三屯又一」H.17612

《說文》：「」 𠄌 鉤逆者謂之」。象形。凡」之屬皆从」。讀若𠤳。」

3. 亡，殷商字形如下：

　　𠃊 合 11979　　　　𠃊 合 19555　　　　𠃊 合 369

　　𠃊 合 35328　　　　𠃊 合 28129　　　　𠃊 合 22067

　　𠃊 花東 313

其甲骨卜辭實際用法為：

①副詞，不要，不。

又來亡來 H.33063

亡其至南 HD.159

②讀「無」

今夕亡𡴂 H.26252

貞子亡𡴂 HD.364

亡多子𡴂 HD.430

《說文》：「亡， 逃也。从人从乚。」

4. 彈，殷商字形如下：

合 10458	合 9283 正	合 13523 正
懷 1582	合 20238	合 4734
合 19752	合 36344	合 36347

其甲骨卜辭實際用法爲：

①彈，用作祭祀動詞。

 貞彈祀 H.26899.8

 弜乎彈燕 HD.255

 子乎射彈亞取又車 HD.416

②人名。

 彈貞。HD.174.2

 告彈來 HD.85

 叀彈見于帚好 HD.63

③三期以後 形皆爲否定詞，同於勿

 子叀彈乎見丁 HD.475

《說文》：「彈， 行丸也。从弓單聲。 彈或从弓持丸。」

5. 引，殷商字形如下：

合 5382	合 16349	合 4811
合 34381	合 35347	花東 53

其甲骨卜辭實際用法為：

①招致，引起

引其死 HD.110

引其死 HD.118

②持取

其匄馬。又力引 HD.288

③決堤

乙亥卜。□自白引 H.22300

④長，久

引吉 II.36536

引吉 Tun.4339

⑤人名

貞：引不其隻 H.4813

在引自抔 HD.53

引祁 HD.206

丁亥卜。兩寏引 H.27360

《說文》：「引 ，開弓也。从弓、丨。臣鉉等曰：象引弓之形。」

6. 臺，殷商字形如下：

花東 502

其甲骨卜辭實際用法為：

臺 HD.502

《說文》：「臺，觀，四方而高者。从至从之，从高省。與室屋同意。」

十三卷

1. 終，殷商字形如下：

 合 20729　　　 合 14209 正　　　 合 7829 反

 合 30183

其甲骨卜辭實際用法爲終之初文：

①終了。

 貞：帝隹其冬茲邑。H.14209

②整，完

 帝弗終茲邑。H.14209

 冬小甲日。子乎狩 HD.85

③用作冬天之「冬」

 冬 H.18998

《說文》：「終，絿絲也。从糸冬聲。 古文終。」

2. 率，殷商字形如下：

 合 5842　　　 合 95　　　 合 3854

 合 3327　　　 合 36523

其甲骨卜辭實際用法爲：

①皆、悉。

 率伐 H.36523

率酒革。不用 HD.474

②血祭

貞其率隹小牢 H.26051

入肉丁。用。不率 HD.237

率小示黍 Tun.2414

《說文》：「率 ，捕鳥畢也。象絲罔，上卜其竿柄也。」

3. 亙，殷商字形如下：

合 20985　　　英 1852　　　合 190 反

合 9289　　　合 20985　　　英 1852

合 6943　　　合 6952 正

其甲骨卜辭實際用法爲：

①人名，貞人名。

亙其征雀 H.20393

……亙貞……HB.1018

②方國名，地名。

征亙 H.20394

……雀隻亙……HB.1039

《說文》：「亙 ，求亙也。从二从囘。囘，古文回，象亙回形。上下，所求物也。徐鍇曰：『回，風回轉，所以宣陰陽也。』」

4. 黃，殷商字形如下：

合 19771　　　合 553　　　合 11073

合 22195

其甲骨卜辭實際用法爲：

①黃色。

叀黃牛 H.29507

叀黃璧眾璧 HD.180

②地名。

在黃 Tun.2182

子其入黃…于丁 HD.223

弜田黃……H.28893

③祭祀對象。

伐于黃尹 H.970

告于黃尹 H.6137

貞于乙亥入黃尹丁人 H.3099

④人名，貞人名

癸未卜。黃貞 HB.525

貞惟黃令戈方 H.8397

《說文》：「黃 ，地之色也。从田从炗，炗亦聲。炗，古文光。凡黃之屬皆從黃。 古文黃。」

十四卷

1. 升，殷商字形如下：

屯 606　　　　　合 30330　　　　　合 27335

合 30353

其甲骨卜辭實際用法爲：

①容量單位

其禮新鬯二升一卣于 H.30973

其蒸二升 H.30986

王宁二升登 H.38696

②祭祀場

……升丁……H.38734

其久虜父甲丁刊 II.26976

在升用 H.26962

翌丁亥其又伐于升 H.27001

③祭名

升一牛 H.25056

弜黍升 Tun.2860

父甲升……HB.8750

④詞義不明，疑爲宗主之位次

翌庚从升 H.21356

己巳从升 H.21340

《說文》：「升　，十龠也。从斗，亦象形。」

第二篇　指事結構類型調查

　　與象形結構類型調查類似，在指事結構類型調查中所列的各個義項一般都已發現，此處我們更多的是根據故有材料以及新材料，對以往的成果加以檢驗并做了相應的增刪。同時我們依據指事內在的構形方式特點，將指事結構類型歸納爲三類即：整體指事、附體指事、因聲指事三類。現調查如下：

第一章　整體指事

一　卷

1. 一，殷商字形如下：

━━ 合 32964　　　　　━━ 合 30757

其甲骨卜辭實際用義爲：

①數詞

 惟一牛 HD.345

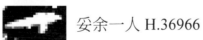 妥余一人 H.36966

 歲且甲豕一 HD.34

 惟一豕 HD.472

 一牛 Tun.193.2

《說文》：「一 ━━ ，惟初太始，道立於一，造分天地，化成萬物。凡一之屬皆从一。 ㄤ 古文一。」

2. 三，殷商字形如下：

三 合14正　　　三 合1100正　　　三 合6648正

三 合22356

其甲骨卜辭實際用義爲：

①數詞

 三旬 HD.539

 惟三牛于妣庚 HD.113

 自三旬酒至 HD.290

 示三屯 H.17651

 乙丑在八月酒大乙牛三且乙牛三小乙牛三父丁牛三 Tun.777

 三人 Tun.865

三犬（前4‧17‧5）

《說文》：「三 三，天地人之道也。從三數。凡三之屬皆从三。 弎 古文三从
弋。」

二　卷

1. 少，殷商字形如下：

⠇ 合20800　　　⠇ 合20990　　　⠇ 合33920

其甲骨卜辭實際用義爲：

①數量少

 雨少 H.20949

 少雨 H.33920

 乙茲雨少 H.20948

 乙丑雨昃雨自北少 H.20967

《說文》：「少 ，不多也。从小丿聲。」

2. 八，殷商字形如下：

\ | 合 20925　　　　X 合 14681　　　　)(合 33371

/\ 合 37940

其甲骨卜辭實際用義爲：

①數詞

 酉子宁八月 H.6049

 三百又卅又八 Tun.663

 羌十又八 Tun.3562

 隻麋十又八 H.37459

《說文》：「八)(，別也。象分別相背之形。」

三　卷

1. 十，殷商字形如下：

| 合 10514　　　| 合 32198　　　| 合 903 正

| 合 897　　　| 懷 1558　　　| 合 22553

| 合 37473

其甲骨卜辭實際用義爲：

①數詞

 十人又五 Tun.4004

 貞沈十羊十豕 H.16191

 惟十牛啓丁 HD.203

《說文》：「十 ，數之具也。一爲東西，｜爲南北，則四方中央備矣。」

2 廿，殷商字形如下：

山 合 21249　　　　Ｕ 合 1098　　　　Ｖ 合 9432

Ｕ 合 27017　　　　Ｕ 合 37472

其甲骨卜辭實際用義爲：

①數詞二十

 廿人 Tun.2643

 ……廿牛 Tun.3978.3

《說文》：「廿 廿，二十并也。古文省。」

3. 卅，殷商字形如下：

山 合 10459　　　　山 合 707 正　　　　Ｕ 合 34457

山 合 22884　　　　山 合 23624　　　　山 合 22125

川 合 22073

其甲骨卜辭實際用義爲：

①數詞三十

 卅犬卅羊卅豚 H.29537.4

……卅牛 H.22348

卅牛 Tun.3542

卅牛入 HD.113

卅豕入 HD.113

《說文》：「卅 ，十并也。古文省。」

四　卷

內容：无。

五　卷

1. 奠，殷商字形如下：

　合 536　　　　　　　合 7886　　　　　　　合 32183

　合 23534　　　　　　合 27999　　　　　　合 18554

　合 41866

其甲骨卜辭實際用義爲：

①奠祭

奠受年 H.9768

……奠不其受年 H.9768

戊卜。惟奠御往妣己 HD.162

②舉行奠禮

貞，在南奠 H.7885

商于汝奠 Tun.4049

③人名侯伯名

貞，奠不死 HD.186

④地名

王步于奠 H.36752

……在奠卜 H.29812

郰夗其奠于京 Tun.1111

⑤方國名
⑥讀爲甸

……才京奠六 H.6

《說文》：「奠 ，置祭也。从酋。酋，酒也。下其丌也。《禮》有奠祭者。」

2. 豆，殷商字形如下：

屯 740　　屯 2484　　合 24713

合 29364　　5395　　10051

其甲骨卜辭實際用義爲：

①人名

乙巳卜，惟豆命 Tun.740

②地名

在豆 H.24713

……惟豆田于之……H.29364

其柒豆……絲用 Tun.2484

《說文》：「豆 ，古食肉器也。从口，象形。凡豆之屬皆从豆。 古文豆。」

3. 夆，殷商字形如下：

 合 33060　　 合 35166　　 合 35190

 屯 700　　　 合補 10888

其甲骨卜辭實際用義為：夆

①人名

 惟夆祝 Tun.1154

、丁酉夆乞夆骨三 Tun.700

 丁丑夆乞骨三朐 Tun.2149

 庚戌夆乞骨二 Tun.1119

六　卷

內容：无。

七　卷

1. 日，殷商字形如下：

 合 6571 正　　 合 6648 正　　 合 33698

 合 26770　　 合 27548　　 合 28569

 合 38221

其甲骨卜辭實際用義為：

①太陽

 乙卯不暘日 H.32226

 甲辰卜乙巳暘日不暘日雨 H.34015

 今日至于丁亥暘日不雨在五月 H.22915

②白天

 中日至昃不雨 Tun.42）

③一晝夜

 四日 H.11704

④天氣

 HD.271

 食日至中日不雨 Tun.42

⑤日神

 …歲告日…H.24946

⑥地名

 叀往于日 HD.297

 王往于日不遘雨 H.27863

《說文》：日 ，實也。太陽之精不虧。从口一。象形。 古文。象形。

2. 栔，殷商字形如下：

 合 31198　　　栔 合 31199　　　栔 屯 335

栔 合 21672　　　栔 花東 371　　　栔 6786

栔 7740

其甲骨卜辭實際用義爲：

①禾稈

八　卷

內容：无。

九　卷

1. 面，殷商字形如下：

 花東 113　　　　　　 花東 226　　　　　　 花東 53

其甲骨卜辭實際用義爲：

①面、邊。

　……面……H.21427

……面……H.21428

面多尹冊牛妣庚 HD.113

乎微面見于帚好 HD.195

《說文》：「面 ⬚ ，顏前也。从百，象人面形。」

十　卷

內容：无。

十一卷

內容：无。

十二卷

1. 直，殷商字形如下：

 合 5828　　　　合 32877　　　　合 22103

合 21714　　　　屯 2240

其甲骨卜辭實際用義爲：

①④祭名：

 隹以巋若直 H.21727

 余直若 H.22413

 余采直 Tun.2240

《說文》：「直 ，正見也。从乚从十从目。徐鍇曰：「乚，隱也。今十目所見是直也。」 古文直。」

十三卷

1. 二，殷商字形如下：

合 20715　　　　合 7768 東 278　　　　花東 236

其甲骨卜辭實際用義爲：

數詞：

 二旬 HD.277

 ……二羌二牛……Tun.3670

 擒隻鹿百六十二 H.10307

《說文》：「二 ，地之數也。从偶一。 古文。」

2. 四，殷商字形如下：

合 1460　　　　合 5807　　　　合 33042

合 30348

其甲骨卜辭實際用義爲：

數詞：

四月 H.5807

四牛 H.33042

《說文》：「四，陰數也。象四分之形。　古文四。　籀文四。」

3. 五，殷商字形如下：

合 15662　　　　花東 178　　　　合 1906

化東 27

其甲骨卜辭實際用義爲：

數詞

五牢 H.11309

五人 H.27031

五牛 H.11070

辛廼用五豕 HD.113

百牛又五 HD.320

《說文》：「五，五行也。從二，陰陽在天地閒交午也。　，古文五省。」

4. 六，殷商字形如下：

合 21017　　　合 13452　　　花東 20

花東 28

其甲骨卜辭實際用義爲：

數詞

侢帚好六人 HD.288

大御六大示 Tun.2361

狩隻禽鹿五十又六 H.10308

《說文》：「六 ，《易》之數，陰變於六，正於八。从入从八。」

5. 七，殷商字形如下：

合 12509　　　合 4917　　　合 11503

花東 32

其甲骨卜辭實際用義爲：

數詞：

鹿七 H.37406

貞其雨七……H.12593

惟犬百卯七 H.32698

在七月 H.22922

惟七羊□妣庚 HD.286

《說文》：「七 ，陽之正也。从一，微陰从中衺出也。」

6. 九，殷商字形如下：

合 20350　　　　合 5708　　　　英一

合 36487　　　　合 37855

西周

其甲骨卜辭實際用義爲：

數詞：

九卯 H.16149

黍于上甲九……H.1174

告于九示 II.14882

卯……九 HD.310

《說文》：「九　，陽之變也。象其屈曲究盡之形。」

7. 寅，殷商字形如下：

合 20846　　　　合 18707　　　　合 9968

合 32905　　　　合 35726　　　　合 37992

合 38015 反　　　3045　　　　6598

其甲骨卜辭實際用義爲：

①地支第三：

甲寅 Tun.2728

庚寅卜 Tun.731

丙寅卜 Tun.642

丙寅夕卜 HD.234

②人名：

寅往告執于……H.22593

《說文》：「寅 ，髕也。正月，陽气動，去黃泉，欲上出，陰尙彊，象宀不達，髕寅於下也。徐鍇曰：「髕斥之意，人陽气銳而出，上閡於宀臼，所以擯之也。」 古文寅。

十四卷

內容：无。

第二章　附體指事

一　卷

1. 上，殷商字形如下：

二 合 20024　　　　二 合 6819　　　　二 合 35320

二 合 30388

其甲骨卜辭實際用義為：

①方位名詞

 王立于上 H.27815

②人名

 上甲大乙且乙 H.27080

 自上甲桼年 Tun.37.2

 子往宜上甲 HD.338.4

③地名

在上雪貞 H.36537

④祭祀對象上天

 上帝 H.30388

《說文》：「⊥ 　，高也。此古文上，指事也。凡⊥之屬皆从⊥。　 篆文上。」

2. 下，殷商字形如下：

二 合 1166　　　　二 合 6477　　　　二 合 32616

二 合 28231　　　　二 屯 173

其甲骨卜辭實際用義為：

①方位名詞

 惟小牢又及妾御子而妣下 HD.409

②先王名

 下示盤牛 Tun.2707

③祭祀對象地上神祇的省稱

 下上弗若 H.6201

《說文》：「丁 　，底也。指事。　 篆文下」

3. 中，殷商字形如下：

中 合 20587　　　　中 合 27245　　　　中 合 10035

中 合 5944　　　　中 合 22450　　　　中 合 5804

中 合 7369　　　　中 367　　　　中 合 14859 反

中 花東 286

其甲骨卜辭實際用義爲：

①旌旗

立中亡風 H.7364

貞來甲辰立中 H.7692

立中 Tun.1080

②方位名詞

肇馬鐔右中人三百 H.5825

③時間名詞

食日至中日其雨 Tun.624

④疑用爲果辭

王屮中立若 H.7364

⑤人名

翌日其酒其祝自中宗且丁且甲 Tun.2281

其至中宗且乙祝 H.239

姤中周妾不死 HD.321

⑥貞人名

中貞于方非人皿雨 H.24892

《說文》：「中，內也。从口。丨，上下通。古文中。籀文中。」

4. 屯，殷商字形如下：

合 20416　　　　合 5512 白　　　　合 17566 白

合 28008   合 28832

其甲骨卜辭實際用義爲：

①屯聚

弜屯其閣新秉又正 Tun.3004

②屯聚之物

③方國名

用多屯 H.812 正

用屯乙丑 Tun.2534

④讀「純」指一對牛肩胛骨

若十屯 H.818

帚好告白屯。HD.220

⑤讀「純」指全牲

用屯乙丑 Tun.2534

二十屯小臣（英 2032 反）

⑥滿

王其省戈田于辛屯日亡 Tun.1013

屯日亡災 Tun.1013

⑦讀「春」

屯日不雨 H.24669

今春受年 H.9652

子其入白屯 HD.220

甲申卜。惟配乎曰。帚好告白屯 HD.220

《說文》：「屯 ，難也。象艸木之初生。屯然而難。从屮貫一。一，地也。尾曲。《易》曰：「屯，剛柔始交而難生。」

5. 正，征之初文，殷商字形如下：

 合 6993　　　　　　合 1140 正　　　　　　合 11484 正

合 33093　　　　　　合 36534　　　　　　合 22086

其甲骨卜辭實際用義為：

①適當正當

 正日又小卜 Tun.4518

②農曆一月名

月一正日食麥（後下 1·5）

③人名

④同征

 丁自正邵 HD.449

王正召方受又 Tun.4103

貞乎征吾方 H.6307

⑤同徵

⑥祭名

 惟今入自夕酉酒又正 Tun.261

 又正，王受又。Tun.2345

 且乙又正 H.27231

 ……隹父甲正 Tun.1061

 御于己正 H.15139

 酒御石甲至般庚正 Tun.2671

 子乎多御正見于帚好 HD.37

《說文》：「正 ，是也。从止，一以止。凡正之屬皆从正。徐鍇曰：『守一以止也。』 古文正从二。二，古上字。 古文正从一、足。足者亦止也。」

6. 牟，殷商字形如下：

 合 18274　　　合 18275　　　英 1289

合 14313

其甲骨卜辭實際用義爲：

①用同於牛

 貞令鳴以多伐牟 H.39835

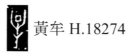 黃牟 H.18274

 卯黃牛 H.14313

《說文》：「牟 ，牛鳴也。从牛，象其聲气从口出。」

二 卷

內容：无。

三　卷

1. 言，殷商字形如下：

    合 21246　　　　　合 4519　　　　　合 13638

    合 14585 正　　　　英 921　　　　　合 30595

    合 21631

其甲骨卜辭實際用義爲：

①言說

    ……疾言……（前 5・20・3）

　火言。HD.59

    言亡遘 H.4519

②人名

    貞言其有疾 H.13637 正

    ……言其……Tun.137

③同「音」引申爲聲音

　子舞抔。亡言 HD.181

    壬午卜。犬言……Tun.2973

④讀爲「歆」，歆享

　子又言在宗 HD.234

　帚母又言 HD.290

　貞今夕王西言 H.26730

《說文》：「言　，直言曰言，論難曰語。从口䇂聲。」

2. 厷，殷商字形如下：

  ✦ 合 13678   ✦ 合 13679   ✦ 合 1772 正

  ✦ 合 5532 正   ✦ 合 21565   █ 1409

其甲骨卜辭實際用義爲：

①肱之初文，手臂

  █ 之疾厷 H.13679

②引申宏大

③引申大力

④氏族名

  █ 王厷龍 H.5532 正

  █ 王隹肱 H.13680

《說文》：「厷 █ ，臂上也。从又，从古文。 █ 古文厷，象形。 █ 厷或从肉。」

四　卷

1. 芊，殷商字形如下：

  ✦ 合 34225   ✦ 合 22155   ✦ 合 22155

其甲骨卜辭實際用義爲：

①地名

   有伐芊 H.22155

   于芊黍禾 Tun.2105.2

   戊戌卜……又伐芊……Tun.3091

②祭祀場所

《說文》：「芉 ![羊甲骨文]，羊鳴也。从羊，象聲气上出。與牟同意。」

2. 刃，殷商字形如下：

![刃甲骨文] 合 117 正　　　![刃甲骨文] 合 117 正　　　![刃甲骨文] 合 6660

![刃甲骨文] 合 22388　　　![刃甲骨文] 合 21051　　　![刃甲骨文] 合 5475

![刃甲骨文] 合 5475　　　![刃甲骨文] 英 321

其甲骨卜辭實際用義爲：

①人名

 刃弗其留王事 H.5475

 刃不其囚凡……H.21051

②方國名

 殺刃方 H.6659

![刃甲骨文] ……臣弗之刃 H.117.2

《說文》：「刃 ![刃小篆]，刀堅也。象刀有刃之形。」

3. 雁，殷商字形如下：

![雁甲骨文] 合 18338

其甲骨卜辭實際用義爲：

①地名

 貞……H.18338

《說文》：「雁 ![雁小篆]，鳥也。从隹，瘖省聲。或从人，人亦聲。徐鍇曰：『鷹隨人所指蹤，故从人。』 ![雁籀文] 籀文雁从鳥。」

五　卷

1. 甘，殷商字形如下：

合 8004　　　　　合 517 反　　　　　合 15782

合 27147　　　　　合 22427 正

其甲骨卜辭實際用義爲：

①地名

……坒出于甘 H.8003

貞，王呑束于京 H.5129

②人名

貞，甘得 H.8888 正

稱甘京 H.36481

亡其又甘 HD.505

《說文》：「甘 ，美也。从口含一。一，道也。」

2. 曰，殷商字形如下：

合 20315　　　　　合 20898　　　　　合 17308

合 14925　　　　　合 23121　　　　　合 29375

其甲骨卜辭實際用義爲：

①說，叫、令

王曰 H.586

王占曰……（HB.5508）

子占曰 HD.10

②叫做

 禘于東方，曰析……H.14295

 月一正，曰食麥 H.24440

 曰餗祭 Tun.1106

 癸酉……禽曰隹……乙其……Tun.1120

③介詞于

 从曰昔所 HD.295

《說文》：「曰 ㄩ，詞也。从口乙聲。亦象口气出也。」

3. 血，殷商字形如下：

𧮫 合 18217	𧮫 合 34148	𧮫 合 34430
𧮫 合 15338	𧮫 合 19495	𧮫 合 36801

此列是血?

𧮫 合 137 正	𧮫 合 271 正	𧮫 合 331
𧮫 合 19923	𧮫 合 22857	𧮫 合 32391

其甲骨卜辭實際用義爲：

①血

 ……三卜。用血。三羊……H.22231

②祭祀動詞

 血豕 H.21916

 ……于帝五玉成血……H.34148

③地名

在血 H.36788

……寅卜，在血从……H.34430

《說文》：「血　，祭所薦牲血也。从皿，一象血形。」

六　卷

1. 朱，殷商字形如下：

　　　合 36743　　　　　　　合 37363　　　　　　　合補 11103

其甲骨卜辭實際用義爲：

①地名

　　　丁卯王卜。在朱貞 H.36743

　　　王田朱 H.37363

《說文》：「朱　，赤心木。松柏屬。从木，一在其中。」

2. 束，是否爲指事殷商字形如下：

　　　合 893 正　　　　　　　合 27590　　　　　　　合 21416

　　　合 18513　　　　　　　合 25949　　　　　　　合 10011

其甲骨卜辭實際用義爲：

①祭祀動詞

束羊 H.22044

貞，王束矢三牢 H.1825

羌甲歲束……H.32586 正

②人名

……于束 H.893 正

翌乙卯酒子束 H.672 正

貞，帝于束 H.15950

《說文》：「束，縛也。从口、木。」

3. 之，殷商字形如下：

合 5033　　　 合 6461 正　　　 合 5775 正

合 31705　　　 花東 5　　　 花東 7

其甲骨卜辭實際用義為：虫

⑴前往

……其來之……H.19376

②指事代詞，相當於此

之日允雨 H.12935

東作邑于之 H.13505

③地名

于之擒兕 H.28399

《說文》：「之　　　，出也。象艸過屮，枝莖益大，有所之。一者，地也。」

4. 橐，殷商字形如下：

合 9419 反　　　 合 9420　　　 合 9423 反

合 9425　　　 合 9430　　　 合 23705

合 31175　　　 合 6055

其甲骨卜辭實際用義爲：

①地名。

气自橐十 H.9419 反

②人名

……日酒……且橐……H.15750

貞其……橐。H.11586

其橐 H.18501

……丰……王不橐 H.20295

㞢橐令夌啓于并 H.6055

《說文》:「橐  ，囊也。从橐省，石聲。」

七 卷

1. 黍，殷商字形如下：

 合 20649　 合 21221　 合 13414

 合 10022 丙　 合 9965　 合 27219

 合 34588　 合 32593　 合 30982

 合 30345　 花東 379

其甲骨卜辭實際用義爲：

①黍子：

我受黍年 H.303

②種植黍子：

今春王勿黍 H.9518

③祭品

其登黍且乙 Tun.618.4

……王其乎登黍兄……Tun.696

《說文》：「黍　，禾屬而黏者也。以大暑而種，故謂之黍。从禾，雨省聲。孔子曰：『黍可爲酒，禾入水也。』」

八　卷

1. 壬，殷商字形如下：

合 2646　　　　　合 19106　　　　　英 409

合 277

其甲骨卜辭實際用義爲：

①挺之初文　企求希望

貞壬父乙婦好生保 H.2646

②人名

貞勿令壬隹黃 H.4304

《說文》：「壬　，善也。从人士。士，事也。一曰象物出地挺生也。」

2. 身，殷商字形如下：

合 822 正　　　　合 6477 正　　　　合 13669

合 13713 正　　　　合 13666 正　　　　合 17978

懷 504

西周

其甲骨卜辭實際用義為：

①身躬，軀體

貞屰疾身于父乙 H.13668 正

御身（于）南庚 H.6477

②懷孕妊娠

貞帚好身……H.2680

《說文》：「身 ，躬也。象人之身。从人聲。」

3. 臀，殷商字形如下：

合 21803　　合 9947　　合 376 正

合 7075 正　　合 13750 正　　合 17977

花東 336　　花東 487

其甲骨卜辭實際用義為：

①人名

至小牢用豕臀 H.21803

貞且丁隔臀 H.9947

歲妣己犯一告臀 HD.336

于妣己御子臀 HD.336

②地名

《說文》：「屍 𡰪 ，髀也。从尸下丌居几。臣鉉等曰：丌、几皆所以尻止也。
𡰪 或从骨殿聲。 膗 或从肉、隼。」

九　卷

1. 項，殷商字形如下：

　　　𡰪 屯 463　　　　　　　𡰪 英 97 正

其甲骨卜辭實際用義為：

①可能為人的頸部

　　　……戍項微御……Tun.463

《說文》：「項 𡱖 ，頭後也。从頁工聲。」

2. 膝，還是脛骨，殷商字形如下：

　　　𡱖 合 13670　　　　　　𡱖 明 2751

其甲骨卜辭實際用義為：

不明

　　　……膝……H.13670

《說文》未收。

3. 卬，殷商字形如下：H.集釋文中釋為卲

　　　𡱖 合 32042　　　　𡱖 合 37405　　　　𡱖 合 32043

　　　𡱖 合 37421　　　　𡱖 合 22430

西周

　　　𡱖 𡱖

其甲骨卜辭實際用義為：

①時間名詞

 H.32042

 H.37405

 H.32043

 H.37421

②祭祀行禮。

③實現，應驗。

 茲不卬H.12357

十　卷

1. 黑，可能是指事，殷商字形如下：

缶 20305　　　缶 10184　　　缶 10192

缶 30552　　　缶 29546　　　缶 29508

其甲骨卜辭實際用義為：

①黑色

 黑牛 H.1142 正

 歲妣庚黑牝一 HD.123

 弜用黑羊 Tun.2623

②通「莫」讀如「嘆」。

 降黑 H.10187

《說文》：「黑 ，火所熏之色也。从炎，上出囧。囧，古窻字。」

2. 亦，殷商字形如下：

 合 20957　　　 合 20943　　　 合 12657 正

 合 16890 反　　　 合 15849　　　 英 1997

 合 1051 正

西周

 亦 10635

其甲骨卜辭實際用義爲：

①腋下：

②副詞也

 貞方弗亦正 H.6683

③地名：

 才亦卜 H.24247

④人名，湯之重臣。

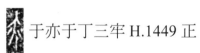 于亦于丁三牢 H.1449 正

《說文》：「亦 ，人之臂亦也。从大，象兩亦之形。」

3. 夫，殷商字形如下：

 合 19613　　　 合 940 正　　　 合 4413

合 10302 甲正　　　 合 20166　　　 英 2558

花東 57　　　 6025　　　 5442

其甲骨卜辭實際用義爲：

①人名：

用于夫甲 H.1471

夫貞 HD.57（圖片暫缺）

②地名：

手自般取于夫。H.8836

《說文》：「夫 ，丈夫也。从大，一以象簪也。周制以八寸爲尺，十尺爲丈。人長八尺，故曰丈夫。」

4. 立，殷商字形如下：

合 20332   合 811 正   合 14254

合 32849   合 27815   合 26895

合 22469   10639

其甲骨卜辭實際用義爲：

①站立

子立于右 HD.50

子立于左 HD.50

②樹立，建立，設立：

其立中 Tun.1035

我立中 H.811 正

③定

④涖，涖臨視祭：

貞立事 H.5510

⑤用作求雨祭祀的動作，詞義不明：

⑥人名，貞人名

⑦同「位」位置

⑧處於……位置

《說文》：「立 ，住也。从大立一之上。凡立之屬皆从立。臣鉉等曰：大，人也。一，地也。會意。」

十一卷

內容：无。

十二卷

1. 至，殷商字形如下：

𦊆 合 20919	𝍡 合 2199 正	𝍢 合 22654
𝍣 合 36317	𝍤 合 21731	𝍥 合 27346
𝍦 合 31194	𝍧 花東 208	

其甲骨卜辭實際用義爲：

①到，來到：

　　自今至于丙午雨 H.667 正

　　五日雨至 HD.256

　　自三旬迺至 HD.290

2. 讀爲「致」：

至羊于妣己賓歲（英 1892）

3. 同致，招致：

　　多鬼夢不至 H.17451

且乙至妣庚 HD.149

白豕至犯一 HD.163

《說文》：「至 ，鳥飛从高下至地也。从一，一猶地也。象形。不，上去；而至，下來也。 古文至。」

十三卷

1. 拇，殷商字形如下：

合 16931　　　　合 32782　　　　屯 3148

合 22621　　　　合 30896　　　　合 38579

其甲骨卜辭實際用義爲：

①過失

 亡尤 H.20356

②地名待查：

子效先步才尤 H.32782

《說文》：「拇 ，將指也。从手母聲。」

十四卷

1. 勺，殷商字形如下：

1193

《說文》：「勺 ，挹取也。象形，中有實，與包同意。」

2. 皀，殷商字形如下：

合 5813　　　　合 6536　　　　合 7356

合 777 正

其甲骨卜辭實際用義爲：

①讀次，駐紮

旨于旨次 H.5813

王次于曾 H.6536

②人名

③地名

3. 成，殷商字形如下：

合 1245　　　　合 27914　　　　英 1170 正

合 672 正　　　　合 39465

其甲骨卜辭實際用義爲：

①完成落成

惟成出 Tun.4327

②成功

③先祖，大乙：

之于成大丁大甲大庚 H.14030

④讀「重」重疊假借

⑤讀「盛」祭祀動詞

成二牛 H.1355

于成三牢 H.1353

小臣成犀王……H.5584

⑥用牲法：

王惟成彔 Tun.762

惟成犬 H.27914

惟成大風 H30248

弜取在規矩絎。征成 HD.437

《說文》：「成　　，就也。从戊丁聲。徐鍇曰：「戊中宮成於中也。」　　古文成从午。」

4. 以，殷商字形如下：

合 21284　　　　合 21284　　　　合 1024

合 22542　　　　合 33972　　　　合 32994

合 32274　　　　合 21914

其甲骨卜辭實際用義為：

①帶領，用之義：

禽曽牛于大示用 Tun.824

王惟羽令曽束尹 Tun.3797

令曽示先步 Tun.29

②方國：

……曽方矢于宗 Tun.313

田省曽眾 H.26903

新駛于曽HD.259

彈曽馬 HD.498

子見晒昌圭于丁 HD.490

《說文》：「昌 ，用也。从反巳。賈侍中說：巳，意巳實也。象形。」

5. 未，殷商字形如下：

合 20015	合 6157	合 34977

合 39145　　　合 19957 正　　　花東 215

10762　　　5413

其甲骨卜辭實際用義爲：

①地支第八：

 乙未……Tun.3269

 丁未 HD.167

 癸未工卜 H.36497

《說文》：「未 ，味也。六月，滋味也。五行，木老於未。象木重枝葉也。」

6. 耴，殷商字形如下：

合 6586

其甲骨卜辭實際用義爲：

①人名：

 癸卯卜。耴貞 H.3941

 耴 H.4059.Jiu

 庚孚卜。耴貞 H.3942

7. 介，殷商字形如下：

合 816　　　　合 2344　　　　合 12642

其甲骨卜辭實際用義爲：

①與「庶」義近：

隹多介父……H.2342

王令介田于京 Tun.232

貞不隹多介 H.2344

于多介且戊。H.2096

壬申卜。王令介呂Tun.341

《說文》：「介 ，畫也。从八从人。人各有介。」

第三章　因聲指事

一　卷

1. 吏，殷商字形如下：

 合 1672　　　　　 合 5557　　　　　 合 27070

其甲骨卜辭實際用義爲：

① 人名

　　大吏于西于 H.1672

　　……一吏……H.7660

《說文》：「吏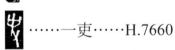，治人者也。从一从史，史亦聲。徐鍇曰：「吏之治人，心主於一，故从一。」

二　卷

內容：无。

三　卷

1. 千，殷商字形如下：

　　　　⟨圖⟩合 8424　　　　⟨圖⟩合 11473　　　　⟨圖⟩合 6409

　　　　⟨圖⟩合 17911　　　　⟨圖⟩合 22349

其甲骨卜辭實際用義爲：

①數詞，十百：

　　　　⟨圖⟩千人 H.17911

　　　　⟨圖⟩……人三千乎以……H.6175

　　　　⟨圖⟩宓𠭯示千 H.32009

　　　　⟨圖⟩貞千弗其乍㞢方 H.8424

　　　　⟨圖⟩丙寅不千降 H.21960

　　　　⟨圖⟩𠭯示千 H.32008

《說文》：「千 ⟨圖⟩ ，十百也。从十从人。」

四　卷

1. 百，因聲指事，殷商字形如下：

　　　　⟨圖⟩合 20250　　　　⟨圖⟩合 21247　　　　⟨圖⟩合 15428

　　　　⟨圖⟩合 302　　　　　⟨圖⟩合 115　　　　　⟨圖⟩屯 503

　　　　⟨圖⟩屯 1619　　　　　⟨圖⟩屯 4404

其甲骨卜辭實際用義爲：

①數詞

百人 H.1043

辛巳卜。乇羊百犬百……百 Tun.917

百牛又五 HD.32

《說文》：「百 ，十十也。从一、白。數，十百爲一貫。相章也。 古文百从自。」

五　卷

1. 甘，殷商字形如下：

合 8004　　　　合 517 反　　　　合 15782

合 27147　　　　合 22427 正

其甲骨卜辭實際用義爲：

①地名

……出于甘 H.8003

貞，王名束于京 H.5129

②人名

貞，甘得 H.8888 正

稱甘京 H.36481

亡其又甘 HD.505

《說文》：「甘 ，美也。从口含一。一，道也。」

六　卷

1. 東，殷商字形如下：

合 6906　　合 7084　　合 34067

合 28596　　花東 490

其甲骨卜辭實際用義爲：

①方位名與西相對

其東狩 HD.36

王田于東 Tun.1125

从東狩 HD.28

……津于東 H.11446

王田从東 Tun.1094

並東 Tun.2657

其乍官鰻東 HD.113

《說文》：「東　，動也。从木。官溥說：从日在木中。」

七　卷

內容：无。

八　卷

內容：无。

九　卷

內容：无。

十　卷

內容：无。

十一卷

內容：无。

十二卷

內容：无。

十三卷

內容：无。

十四卷

1. 圓〇，殷商字形如下：

其甲骨卜辭實際用義為：

①人名

　　　余怂立員宁史眾見奠印 H.40818

②地名

　　　王峀蔑卽于員……H.40816

　　　戊子卜，員弗來 H.20072

《說文》：「圓　，圜全也。从口員聲。讀若員。」

第四章　類型不明

一　卷

內容：无。

二　卷

內容：无。

三　卷

內容：无。

四　卷

1. 再，殷商字形如下：

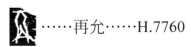 合 7660

詞義不詳

……再允……H.7760

《說文》：「再　，一舉而二也。从冓省。」

五　卷

1. 丹，殷商字形如下：

　　 合 716 正　　　　 合 8014　　　　 合 24238

　　 5444

其甲骨卜辭實際用義爲：

①地名

 貞，王步自丹 H.24238

王在丹 H.24386

②侯伯名

乎比丹伯 H.716 正

啟子丹一 HD.450

③先妣名

 引自妣丹 H.11006

《說文》：「丹　，巴越之赤石也。象采丹井，一象丹形。凡丹之屬皆从丹。

　古文丹。　亦古文丹。」

六　卷

內容：无。

七　卷

內容：无。

八　卷

內容：无。

九　卷

內容：无。

十　卷

1. 亢，殷商字形如下：

合 20318　　　　　合 4611 正　　　　　懷 1502

7336　　　　　10777

其甲骨卜辭實際用義爲：

①人名

貞令象亢冎若 H.4611 正

攸亢告啓商 Tun.312

令亢往于畫 H.10302

《說文》：「亢，人頸也。从大省，象頸脈形。亢或从頁。」

十一　卷

內容：无。

十二　卷

1. 亅，殷商字形如下：

合 9669 白　　　　　合 13443 白　　　　　合 17612

）懷 1636

其甲骨卜辭實際用義爲：

①指一副卜骨之半

《說文》：「」 ∫ ，鉤逆者謂之」。象形。」

十三卷

內容：无。

十四卷

1. 乙，殷商字形如下：

）合 19851　　　 ∫ 合 799　　　 ∫ 合 7803

∫ 合 1304　　　 ∫ 合 25093　　　 ）合 28195

∫ 合 21796

其甲骨卜辭實際用義爲：

①天干名：

乙酉 HD.228

乙巳允雨 Tun.254

乙亥 HD.302

②商先王廟號名：

乙巳歲且乙白彘一 HD.29

歲且乙三犯 HD.463

歲且乙小牢 HD.291

《說文》：「乙 　，象春艸木冤曲而出，陰气尙彊，其出乙乙也。與｜同意。乙承甲，象人頸。」

　　2. 方，殷商字形如下：

其甲骨卜辭實際用義爲：

①宗廟中設祭祀之處

②祭祀動詞，祊祭

　　　　其方又雨 Tun.108

　　　　壬辰于大示告方 Tun.63

　　　　告方于河 Tun.2678

③方國

　　　　……伐方……Tun.485

　　　　王循伐方受之 H.6733

《說义》：「方　　　，併船也。象兩舟省、總頭形。凡方之屬皆从方。　　　方或从水。」

參考書目

期刊論文類

1. 蔡哲茂，釋殷卜辭的「見」字〔C〕，中國古文字研究會、中山大學古文字學研究所，古文字研究（第二十四輯），北京：中華書局，2002：95～99

2. 曹定雲，殷墟花東 H3 卜辭中的「干」是小乙—— 從卜辭中的人名「厂」談起〔C〕，中國古文字研究會、華南師範大學文學院，古文字研究（第二十六輯），北京：中華書局，2006：8～18。

3. 陳秉新，釋毘及從毘之字〔C〕，中國古文字研究會、中山大學古文字學研究所，古文字研究（第二十四輯），北京：中華書局，2002：61～64。

4. 陳劍，甲骨金文舊釋「尤」之字及相關諸字新探〔C〕，陳劍，甲骨金文考釋論集，北京：線裝書局，2007：57～80。

5. 陳劍，釋「琮」及相關諸字〔C〕，陳劍，甲骨金文考釋論集，北京：線裝書局，2007：244～273。

6. 陳劍，釋造〔C〕，陳劍，甲骨金文考釋論集，北京：線裝書局，2007：127～176，（有用的在 176）

7. 陳劍，說「安」字〔C〕，陳劍，甲骨金文考釋論集，北京：線裝書局，2007：107～123。

8. 陳斯鵬，論周原甲骨和楚系簡帛中的「囟」與「思」——兼論卜辭命辭的性質〔C〕，香港中文大學中國語言文學系，第四屆國際中國文字學研討會論文集，香港：2003。

9. 陳煒湛，甲骨文異字同形例〔C〕，四川大學歷史系古文字研究室，古文字研究（第六輯），北京：中華書局，1981：227～249。

10. 陳煒湛，甲骨文「允」字說〔C〕，中國古文字研究會、浙江省文物考古研究所，古文字研究（第二十五輯），北京：中華書局，2004：1～4。

11. 陳煒湛，有關甲骨文田獵卜辭的文字考訂與辨析〔C〕，中國古文字研究會、中華書局編輯部，古文字研究（第十八輯），北京：中華書局，1992：45～61。

12. 董蓮池，「燊」字釋禱說的幾點疑惑〔C〕，中國古文字研究會、吉林大學古文字研究室，古文字研究（第二十七輯），北京：中華書局，2008：117～121。

13. 高島謙一，問「鼎」〔C〕，山西省文物局、中國古文字研究會、中華書局編輯部，古文字研究（第九輯），北京：中華書局，1984：75～95。

14. 郭沫若，古代文字之辯證的發展〔J〕，考古學報，1972，（01）：1～16。

15. 黃德寬、常森，關於漢字構形功能的確定〔J〕，安徽教育學院學報，1995，（02）。

16. 黃德寬、常森，漢字形義關係的疏離與彌合〔J〕，語文建設，1994，（12）：17～20。

17. 黃德寬，漢字構形方式：一個歷時態演進的系統〔J〕，安徽大學學報（哲學科學版），1994，（03）：63～71，108。

18. 黃德寬，漢字構形方式的動態分析〔J〕，安徽大學學報（哲學科學版），2003，（04）：1～8。

19. 黃德寬，殷墟甲骨文之前的商代文字〔C〕，荊志淳等編，多維視域——商王朝與中國早期文明研究，北京：科學出版社，2009。

20. 黃天樹，花園莊東地加固所見的若干新材料〔J〕，陝西師範大學學報（哲學社會科學版），2005，（02）：57～60。

21. 黃天樹，論漢字結構之新框架〔J〕，南昌大學學報（人文社會科學版），2009，（01）：131～136。

22. 黃天樹，釋殷墟甲骨文中的「鷹」字〔J〕，中國文化研究，2008，（03）：143～145。

23. 黃天樹，談談殷墟甲骨文中的「子」字——兼說「王」和「子」同版并卜〔C〕，中國古文字研究會、吉林大學古文字研究室，古文字研究（第二十七輯），北京：中華書局，2008：49～53。

24. 黃錫全，甲骨文「屮」字試探〔C〕，四川大學歷史系古文字研究室，古文字研究（第六輯），北京：中華書局，1981：195～206。

25. 季旭昇，從新蔡葛陵簡說「熊」字及其相關問題〔C〕，臺灣輔仁大學中國文學系編，第十五屆中國文字學國際學術研討會論文集，臺北：輔仁大學出版社，2004。

26. 貫澤林、王炳文，系統理論對哲學提出的新課題〔J〕，哲學研究，1980，（02）。

27. 黎千駒，古代六書學研究綜述〔J〕，湖北師范學院學報（哲學社會科學版），2007，（05）：33～38。

28. 李孝定，從六書的觀點看甲骨文字〔C〕，李孝定，漢字的起源與演變論叢，臺北：聯經出版事業公司，1986。

29. 李孝定，從中國文字的結構和演變過程泛論漢字的整理〔C〕，李孝定，漢字的起源與演變論叢，臺北：聯經出版事業公司，1986。

30. 李學勤、王宇信，周原卜辭選釋〔C〕，中山大學古文字研究室，古文字研究（第四輯），北京：中華書局，1980：250

31. 李學勤，續論西周甲骨〔J〕，中國語文研究，1985，（07）：144～145。

32. 連劭名，甲骨刻辭中的血祭〔C〕，中國古文字研究會、中華書局編輯部，古文字研究（第十六輯），北京：中華書局，1989：49～66。

33. 連劭名，殷墟卜辭中的「同」與「止」〔C〕，中國古文字研究會、浙江省文物考古研究所，古文字研究（第二十五輯），北京：中華書局，2004：51～53。

34. 林宏明，說殷卜辭見字的一種特殊用法〔C〕，中國古文字研究會、吉林大學古文字研究室，古文字研究（第二十七輯），北京：中華書局，2008：75～81。

35. 林小安，甲骨文「庚」字說解〔C〕，中國古文字研究會、浙江省文物考古研究所，古文字研究（第二十五輯），北京：中華書局，2004：11～13。

36. 林澐，說戚我〔C〕，中國古文字研究會、中華書局編輯部，古文字研究（第十七輯），北京：中華書局，1989：194～197。

37. 劉桓，甲骨文字考釋（四則）〔C〕，安徽大學古文字研究室，古文字研究（第二十二輯），北京：中華書局，2000：46～50。

38. 劉桓，釋甲骨文　　、　　二字〔C〕，中國古文字研究會、浙江省文物考古研究所，古文字研究（第二十五輯），北京：中華書局，2004：14～19。

39. 劉一曼，論殷墟大司空村出土的刻辭甲骨〔C〕，中國古文字學研究會、中華書局編輯部，古文字研究（第二十八輯），北京：中華書局，2010：17～24。

40. 劉宗漢，釋七、甲〔C〕，中山大學古文字研究室，古文字研究（第四輯），北京：中華書局，1980：235～243。

41. 呂思勉，字例略說〔C〕，呂思勉，文字學四種，上海：上海古籍出版社，2009。

42. 羅琨，釋「帝」——兼說黃帝〔C〕，中國古文字學研究會、中華書局編輯部，古文字研究（第二十八輯），北京：中華書局，2010：66～72。

43. 羅運環甲骨文「山」「火」辨〔C〕，吉林大學古文字～研究室，古文字研究（第二十八輯），北京：中華書局，2000：212～233。

44. 朴仁順，甲骨文女·母字考〔C〕，中國古文字研究會、安徽大學古文字研究室，古文字研究（第二十三輯），北京：中華書局，2002：23～25。

45. 裘錫圭，甲骨文字考釋（八篇）〔C〕，中山大學古文字研究室，古文字研究（第四輯），北京：中華書局，1980：153～175，（有用的在 164）

46. 裘錫圭，釋「勿」「發」〔C〕，裘錫圭，古文字論集，北京：中華書局，1992：70～84。

47. 裘錫圭，釋秘〔C〕，中華書局編輯部，古文字研究（第三輯），北京：中華書局，1980：7～31。

48. 裘錫圭，釋求〔C〕，陝西省考古研究所、中國古文字研究會、中華書局編輯部，古文字研究（第十五輯），北京：中華書局，1986：195～206。

49. 裘錫圭，釋万〔C〕，裘錫圭，古文字論集，北京：中華書局，1992：207～209。

50. 裘錫圭，説「以」〔C〕，裘錫圭，古文字論集，北京：中華書局，1992：106～110。

51. 沈培，説殷墟甲骨文「气」字的虛詞用法〔C〕，中國古文字研究會、中山大學古文字學研究所，古文字研究（第二十四輯），北京：中華書局，2002：118～122。

52. 沈培，殷卜辭中跟卜兆有關的「見」和「告」〔C〕，中國古文字研究會、吉林大學古文字研究室，古文字研究（第二十七輯），北京：中華書局，2008：66～74。

53. 沈培，周原甲骨文里的「囟」和楚墓竹簡里的「囟」或「思」（連載一）〔EB／OL〕，http://www.bsm.org.cn/show_article.php?id=139，2005-12-23。

54. 時兵，殷墟花園莊東地甲骨文字考釋三則〔C〕，中國古文字研究會、華南師範大學文學院，古文字研究（第二十六輯），北京：中華書局，2006：49～51。

55. 孫雍長，甲骨文字考釋五例〔C〕，中國古文字研究會、華南師範大學文學院，古文字研究（第二十六輯），北京：中華書局，2006：90～94，有用的在 93

56. 唐蘭，殷虛文字二記〔C〕，吉林大學古文字研究室，古文字研究（第一輯），北京：中華書局，1979：55～62。

57. 唐鈺明，屮又考辨〔C〕，中國古文字研究會、中華書局編輯部，古文字研究（第十九輯），北京：中華書局，1992：401～407。

58. 王貴民，試釋甲骨文的乍口、多口、殉、葬和誕字〔C〕，吉林大學古文字研究室，古文字研究（第二十一輯），北京：中華書局，2001：122～135。

59. 王蘊智，嬴字探源〔C〕，王蘊智，漢語漢字研究論集，北京：中華書局，2004。

60. 王蘊智，釋甲骨文夰字〔C〕，中國古文字研究會、華南師範大學文學院，古文字研究（第二十六輯），北京：中華書局，2006：76～79。

61. 夏含夷，試論周原卜辭𤳵字——兼論周代貞卜之性質〔C〕，中國古文字研究會、中華書局編輯部，古文字研究（第十七輯），北京：中華書局，1989：304～308。

62. 徐錫臺，試釋周原卜辭中的囟字〔C〕，陝西省考古研究所、中國古文字研究會、中華書局編輯部，古文字研究（第十一輯），北京：中華書局，1986：157～160。

63. 楊文秀、楊志介，論洪堡特與索緒爾的語言系統觀〔J〕，廣東外語外貿大學學報，2009（01）。

64. 姚孝遂，牢、宰考辨〔C〕，山西省文物局、中國古文字研究會、中華書局編輯部，古文字研究（第九輯），北京：中華書局，1984：25～36。

65. 張玉金，殷墟甲骨文「吉」字研究〔C〕，中國古文字研究會、華南師範大學文學院，古文字研究（第二十六輯），北京：中華書局，2006：70～75。

66. 于省吾，釋盾〔C〕，中華書局編輯部，古文字研究（第三輯），北京：中華書局，1980：1～6。

67. 于省吾，釋兩〔C〕，山西省文物局考古研究所，古文字研究（第十輯），北京：中華書局，1983：1～10。

68. 曾憲通，「作」字探源——兼談耒字的流變〔C〕，中國古文字研究會、中華書局編輯部，古文字研究（第十九輯），北京：中華書局，1992：408～421。

69. 張桂光，卜辭祭祀對象名號解讀二題〔C〕，中國古文字研究會、浙江省文物考古

研究所，古文字研究（第二十五輯），北京：中華書局，2004：45～50。

70. 張永山，也談花東辭中的「丁」〔C〕，中國古文字研究會、華南師範大學文學院，古文字研究（第二十六輯），北京：中華書局，2006：8～18。

71. 張玉金，周原甲骨文「囟」字釋義〔J〕，殷都學刊，2000，（01）：144～145。

72. 張玉金，釋甲骨文中的「$\textbf{\large 㠯}$」「$\textbf{\large 彡}$」〔C〕，中國古文字研究會、安徽大學古文字研究室，古文字研究（第二十三輯），北京：中華書局，2002：3～9。

73. 張政烺，釋它示——論卜辭中沒有蠶神〔C〕，吉林大學古文字研究室，古文字研究（第一輯），北京：中華書局，1979：63～70。

74. 周忠兵，說甲骨文中「兮」字的一種異體〔C〕，中國古文字學研究會、中華書局編輯部，古文字研究（第二十八輯），北京：中華書局，2010：59～65。

75. 朱歧祥，論子組卜辭一些同版異文現象——由花園莊甲骨說起〔C〕，中國古文字研究會、安徽大學古文字研究室，古文字研究（第二十三輯），北京：中華書局，2002：30～37。

專著類

1. 曹錦炎，鳥蟲書通考〔M〕，上海：上海書畫出版社，1999。

2. 陳夢家，殷墟卜辭綜述〔M〕，北京：中華書局，1988。

3. 陳世輝、湯餘惠，古文字學概要〔M〕，長春：吉林大學出版社，1988。

4. 戴君仁，中國文字構造論·自序〔M〕，臺北：世界書局，1980。

5. 黨懷興，宋元明六書學研究〔M〕，北京：中國社會科學院出版社，2003。

6. 高明，中國古文字學通論〔M〕，北京：北京大學出版社，2006。

7. 郭沫若，中國古代社會研究·第二篇卜辭中的古代社會〔M〕，北京：人民出版社，1954。

8. 何九盈，中國現代語言學史·第五章〔M〕，廣州：廣東教育出版社，2000。

9. 何琳儀，戰國文字通論〔M〕，南京：江蘇教育出版社，2003。

10. 胡樸安，中國文字學史〔M〕，北京：中國書店，1984。

11. 胡奇光，中國小學史〔M〕，上海：上海人民出版社，2005。

12. 黃德寬、陳秉新，漢語文字學史〔M〕，合肥：安徽教育出版社，2006。

13. 黃德寬，古文字新發現與漢字發展史研究〔R〕，杭州：浙江大學古籍研究所，2003。

14. 李孝定，漢字史話〔M〕，臺北：聯經出版事業公司，1977。

15. 李孝定，甲骨文字集釋〔M〕，臺北：中央研究院歷史語言研究所，1970。

16. 梁啟超，中國近三百年學術史〔M〕，上海：東方出版社，2004。

17. 劉釗，古文字構形學〔M〕，福州：福建人民出版社，2006。

18. 呂俊、侯向群，英漢翻譯教程〔M〕，上海：外語教育出版社，2001。

19. 呂思勉，文字學四種〔M〕，上海：上海古籍出版社，2009。

20. 苗東升，系統科學精要〔M〕，北京：中國人民大學出版社，2006。

21. 錢學森、許國志、王壽雲，組織管理的技術——系統工程〔N〕，文匯報，1978-09-27。

22. 裘錫圭，文字學概要〔M〕，北京：商務印書館，1988。

23. 石定果，說文會意字研究〔M〕，北京：北京語言學院出版社，1996。

24. 唐蘭，天壤閣甲骨文存考釋〔M〕，北京：輔仁大學叢書之一，1939。

25. 唐蘭，中國文字學〔M〕，上海：上海古籍出版社，2001。

26. 汪應洛，系統工程學〔M〕，北京：高等教育出版社，2007。

27. 魏宏森、曾國屏，系統論：系統科學哲學〔M〕，北京：清華大學出版社，1995。

28. 嚴修，二十世紀的古代漢語研究〔M〕，太原：書海出版社，2001。

29. 楊樹達，中國文字學概要文字形義學〔M〕，上海：上海古籍出版社，2006。

30. 姚孝遂，漢語文字學史‧序〔M〕，合肥：安徽大學出版社，2006。

31. 姚孝遂，許慎與說文解字〔M〕，北京：中華書局，1983。

32. 于省吾，甲骨文字釋林〔M〕，北京：中華書局，2009。

33. 胡北，會意字研究〔D〕，合肥：安徽大學博士學位論文，2008。

34. 黃德寬，古漢字形聲結構論考〔D〕，長春：吉林大學博士學位論文，1996。

35. 袁金平，新蔡葛陵楚簡字詞研究〔D〕，合肥：安徽大學博士學位論文，2007。

36. 張勝波，新蔡葛陵楚墓竹簡文字編〔D〕，長春：吉林大學博士學位論文，2006。